把人生过成喜欢的样子

Live Your Life
The Way You Like

Bi Shumin Works

毕淑敏

著

长江出版传媒　长江文艺出版社

图书在版编目（ＣＩＰ）数据

把人生过成喜欢的样子 / 毕淑敏著. -- 武汉：长江文艺出版社，2018.3（2020.7重印）

ISBN 978-7-5702-0194-5

Ⅰ. ①把… Ⅱ. ①毕… Ⅲ. ①散文集－中国－当代 Ⅳ. ①I267

中国版本图书馆 CIP 数据核字(2018)第 030085 号

责任编辑：张远林　李　潇　方　莹　梅若冰　责任校对：毛　娟
装帧设计：壹　诺　　　　　　　　　　　　　责任印制：邱　莉　杨　帆
封面插图：小醒 ISO

出版：长江出版传媒｜长江文艺出版社
地址：武汉市雄楚大街 268 号　　　　　邮编：430070
发行：长江文艺出版社
http://www.cjlap.com
印刷：湖北新华印务有限公司

开本：970 毫米×640 毫米　　1/16　　印张：15.25
版次：2018 年 3 月第 1 版　　　2020 年 7 月第 6 次印刷
字数：144 千字

定价：39.80 元

目录
CONTENTS

辑一　　看见

PART 1

毕淑敏说:

分泌幸福的内啡肽，享受朴素而有节制的幸福。

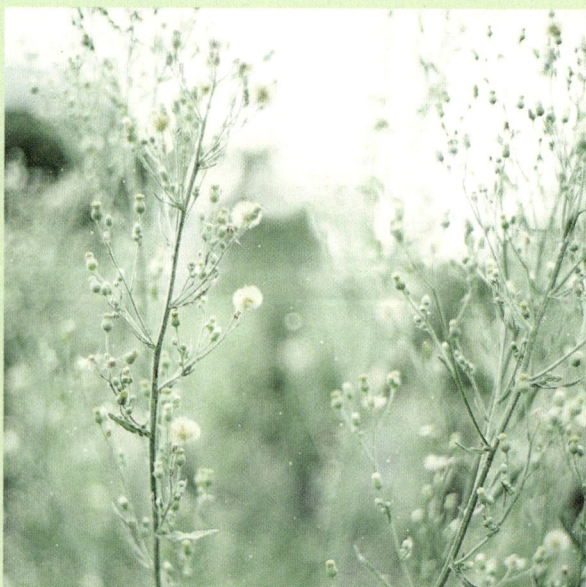

记得有一次我在某地授课，谈的是幸福问题。有一位女听众举手发问，滔滔不绝。我仔细听了半天，不知道她的问题是什么。她侃侃而谈自己工作顺遂家庭和睦，儿女双全父母健在，身体无恙面容姣好，有房有车……

听众们渐渐骚动起来，估计他们也和我一样，摸不着头脑。

我抓个缝隙赶紧插进去说，不好意思打断一下您，现在是现场提问时段，您迫不及待地举手发言。对不起直到此刻，我还不知道您的问题是什么呢？

我的问题……是……我是幸福，不幸福……她一下子愣了，支吾着。

场上有嘘声响起。

大多数人都认为自己不够幸福，您高调炫耀了自己的幸福，让有些人刺痛。您还想要更多的幸福，有人小声嘀咕，您是《渔夫和金鱼》里面的老太婆吗？

我说，您只需要做一件事情。

场上肃静下来。一个幸福女人，接下来要做的是什么呢？人们很有兴趣知道。

我说，感恩和知足。

幸福并非无边无际，也是有尺度的。

面对幸福，你不可以贪婪，因为幸福本身就是有节制的。你不可以炫耀，因为幸福本身是朴素和宁静的。你不可以一厢情愿地认定这是自己命好，因为从宏观讲，有巨大的力量凌驾于我们卑微的生命之上。你不可僭越，将那功劳仅仅归于自己。不能忘了自我的幸福是许许多多人和机缘襄助的善果。大自然和历史给予的教诲，千万要牢记。

幸福不是蜂蜜、糖和所有甘甜物质的混合体。它的尺寸始终在我们内心的神圣之处。那就是对自己生命状态的全然把握，知道自己在做什么，而这个方式又能给自己带来快乐，并对他人有所裨益。

幸福哪怕再细微，也顽强地存在。

学会分泌幸福的内啡肽，享受朴素而有节制的幸福吧。

提醒幸福

◇　◇　◇　◇

最幸福的三种人

幸福到底是什么呢？有一个女人，曾经在这个问题上走入歧途，陷入恐慌，不得不重新思考自己的人生定位。

若干年前，她看到了一则报道，说是西方某都市的报纸，面向社会征集"谁是世界上最幸福的人"这个题目的答案。来稿踊跃，各界人士纷纷应答。报社组织了权威的评审团，在纷纭的答案中进行遴选和投票，最后得出了三个答案。因为众口难调意见无法统一，还保留了一个备选答案。

按照投票者的多寡和权威们的表决，报纸发布了"谁是世界上最幸福的人"的名单。记得大致顺序是这样的：

第一种最幸福的人：给孩子刚刚洗完澡，怀抱婴儿面带微笑的母亲。

第二种最幸福的人：给病人做完了一例成功手术，目送病人出院的医生。

　　第三种最幸福的人：在海滩上筑起了一座沙堡，望着自己劳动成果的顽童。

　　备选的答案是：写完了小说最后一个字，画上了句号的作家。

　　消息入眼，这个女人的第一个反应仿佛被人在眼皮上抹了辣椒油，呛而且痛，心中惶惶不安。当她静下心来，梳理思绪，才明白自己当时的反应，是一种深入骨髓的悲哀。原来她是一个幸福盲。

　　为什么呢？说来惭愧，答案中的四种情况，在某种意义上说，那时的她，居然都在一定程度上初步拥有了。

　　她是一个母亲，给婴儿洗澡的事几乎是早年间每日的必修。那时候家中只有一间房子，根本就没有今天的淋浴设备，给孩子洗澡就是准备一个大铝盆，倒上水，然后把孩子泡进去。那个铝盆，她用了6块钱，买了个处理品，处理的原因是内壁不怎么光滑，麻麻拉拉的。她试了试，好在只是看着不美观，并不会擦伤人，就买回来了。那时要用蜂窝煤炉子烧水，水热了倒进铝盆，然后再兑冷水。用手背试试水温正合适了，就把孩子泡进盆里。现在她每逢听到给婴儿用的洗浴液是"无泪配方"，就很感叹。那时候，条件差，只能用普通的肥皂给孩子洗澡。因为忙着工作，家务又多，洗澡的时候总是慌慌忙忙的，经常不小心把肥皂水溅到孩子的眼睛里，闹得孩子直哭。洗完澡，把孩子抱起来，抹一抹汗水，艰难地扶一扶腰，已是筋疲力尽，披头散发的。

　　她曾是一名主治医生，手起刀落，给很多病人做过手术，目送着治愈了的病人走出医院的大门的情形，也经历过无数次了。回忆一下，那时候想的是什么呢？很惭愧啊，因为忙，往往是病人还在满怀深情地回望着医生呢，她已经匆匆回过头去，赶回诊室。候诊的病人实在多，赶紧给别的病人看病是要紧事儿。再有，医生送病人，也不适合讲"再见"这样的话，谁愿意和医生"再见"呢？总是希望永远不见医生是最好。她知趣地躲开，哪里有什么幸福之感？记得的只是完成任务之后长长吁出一口气，觉得已尽到了职责。

对比第三种幸福人的情形，可能多少有一点点差距。儿时调皮，虽然没在海滩上筑过繁复的沙堡（这大概和那个国家四面环水有关），但在附近建筑工地的沙堆上挖个洞穴藏个"宝贝"之类的工程，倒是常常一试身手。那时候心中也顾不上高兴，总是担心路过的人一脚踩塌了她的宏伟建筑。

另外，在看到上述消息的时候，她已发表过几篇作品，因此那个在备选答案中占据一席之地的"作家完成最后一字"之感，也有幸体验过了。这个程序因为过去的时间并不太久，所以那一刻的心境记得还很清楚。也不是什么幸福感，而是愁肠百结——把稿子投到哪里去呢？听说文学的小道上挤满了人，恨不能成了"自古华山一条道"，一不留神就会被挤下山崖。那时候，虽然还没有"潜规则"这样的说法，但投稿子要认识人，已成了公开的秘密。她思前想后，自己在文学界举目无亲，一片荒凉，一个人也不认识，贸然投稿，等待自己的99%是退稿。不过，因为文学是自己喜爱的事业，她不能在自己喜爱的东西里面藏污纳垢。她下定决心决不走后门，坚守一份古老的纯洁。知道自己这个决定意味着要吃闭门羹，她心中充满了失败的凄凉，真是谈不到幸福。

看到这里，朋友们可能发觉这个糊涂的女人不是别人，就是毕淑敏啊！的确，当时的我，已经集这几种公众认为幸福的状态于一身，可我不曾感到幸福，这真是让人晦气而又痛彻心扉的事情。我思考了一下，发觉是自己出了毛病。还不是小毛病，而是大毛病。如果这个问题不解决，我后半生所有的努力和奋斗，都是镜中花水中月。没有了幸福的基础，所有的结果都是沙上建塔。从最乐观的角度来说，即使我的所作所为对别人有些许帮助，我本人依然是不开心的。我不得不哀伤地承认，照这样生活下去，我就是一个不折不扣的幸福盲。

从那时起，我开始审视自己对于幸福的把握和感知，训练自己对于幸福的敏感和享受，像一个自幼被封闭在黑暗中的人，学习如何走出洞穴，在七彩光线下试着辨析青草和艳花，朗月和白云。如同那些被病魔囚禁的盲人，手术后打开遮眼纱布时的诧异和惊喜，不由自主地东张西望，流下喜极而泣的泪水。

提醒幸福

我们从小就习惯了在提醒中过日子。天气刚有一丝风吹草动，妈妈就说，别忘了多穿衣服。才认识了一个朋友，爸爸就说，小心他是个骗子。你取得了一点成功，还没容得乐出声来，所有关切着你的人一起说，别骄傲！你沉浸在欢快中的时候，自己不停地对自己说，千万不可太高兴，

幸福到底是什么呢? 有一个女人,
曾经在这个问题上走入歧途,陷入恐
慌,不得不重新思考自己的人生定位。

苦难也许马上就要降临……我们已经习惯了在提醒中过日子。看得见的恐惧和看不见的恐惧始终像乌鸦盘旋在头顶。

在皓月当空的良宵，提醒会走出来对你说：注意风暴。于是我们忽略了皎洁的月光，急急忙忙做好风暴来临前的一切准备。当我们大睁着眼睛枕戈待旦之时，风暴却像迟归的羊群，不知在哪里徘徊。当我们实在忍受不了等待灾难的煎熬时，我们甚至会恶意地祈盼风暴早些到来。

风暴终于姗姗地来了。我们怅然发现，所做的准备多半是没有用的。事先能够抵御的风险毕竟有限，世上无法预计的灾难却是无限的。战胜灾难靠得更多的是临门一脚，先前的惴惴不安帮不上忙。

当风暴的尾巴终于远去，我们守住零乱的家园。气还没有喘匀，新的提醒又智慧地响起来，我们又开始对未来充满恐惧的期待。

人生总是有灾难。其实大多数人早已练就了对灾难的从容，我们只是还没有学会灾难间隙的快活。我们太注重警觉苦难，我们太忽视提醒幸福。请从此注意幸福！幸福也需要提醒吗？

提醒注意跌倒……提醒注意路滑……提醒受骗上当……提醒荣辱不惊……先哲们提醒了我们一万零一次，却不提醒我们幸福。

也许他们认为幸福不提醒也跑不了的。也许他们以为好的东西你自会珍惜，犯不上谆谆告诫。也许他们太崇尚血与火，觉得幸福无足挂齿。他们总是站在危崖上，指点我们逃离未来的苦难。但避去苦难之后的时间是什么？

那就是幸福啊！

享受幸福是需要学习的，幸福即将来临的时刻需要提醒。人可以自然而然地学会感官的享乐，人却无法天生地掌握幸福的韵律。灵魂的快意同器官的舒适像一对孪生兄弟，时而相傍相依，时而南辕北辙。

幸福是一种心灵的震颤。它像会倾听音乐的耳朵一样，需要不断地训练。

简言之，幸福就是没有痛苦的时刻。它出现的频率并不像我们想象的那样少。

人们常常只是在幸福的金马车已经驶过去很远时，才捡起地上的金鬃毛说，原来我见过它。

人们喜爱回味幸福的标本，却忽略幸福披着露水散发清香的时刻。那时候我们往往步履匆匆，瞻前顾后不知在忙着什么。

世上有预报台风的，有预报蝗虫的，有预报瘟疫的，有预报地震的。没有人预报幸福。其实幸福和世界万物一样，有它的征兆。

幸福常常是朦胧的，很有节制地向我们喷洒甘霖。你不要总希冀轰轰烈烈的幸福，它多半只是悄悄地扑面而来。你也不要企图把水龙头拧得更大，使幸福很快地流失。而需静静地以平和之心，体验幸福的真谛。

幸福绝大多数是朴素的。它不会像信号弹似的，在很高的天际闪烁红色的光芒。它披着本色外衣，亲切温暖地包裹起我们。

幸福不喜欢喧嚣浮华，常常在暗淡中降临。贫困中相濡以沫的一块糕饼，患难中心心相印的一个眼神，父亲一次粗糙的抚摸，女友一个温馨的字条……这都是千金难买的幸福啊。像一粒粒缀在旧绸子上的红宝石，在凄凉中愈发熠熠夺目。

幸福有时会同我们开一个玩笑，乔装打扮而来。机遇、友情、成功、团圆……

它们都酷似幸福，但它们并不等同于幸福。幸福会借了它们的衣裙，袅袅婷婷而来，走得近了，揭去帏幔，才发觉它有钢铁般的内核。幸福有时会很短暂，不像苦难似的笼罩天空。如果把人生的苦难和幸福分置天平两端，苦难体积庞大，幸福可能只是一块小小的矿石。但指针一定要向幸福这一侧倾斜，因为它有生命的黄金。

幸福有梯形的切面，它可以扩大也可以缩小，就看你是否珍惜。

我们要提高对于幸福的警惕，当它到来的时刻，激情地享受每一分钟。据科学家研究，有意注意的结果比无意要好得多。

当春天来临的时候，我们要对自己说，这是春天啦！心里就会泛起茸茸的绿意。

幸福的时候，我们要对自己说，请记住这一刻！幸福就会长久地伴随我们。那我们岂不是拥有了更多的幸福！

所以，丰收的季节，先不要去想可能的灾年，我们还有漫长的冬季来得及考虑这件事。我们要和朋友们跳舞唱歌，渲染喜悦。既然种子已经回报了汗水，我们就有权沉浸幸福。不要管以后的风霜雨雪，让我们先把麦子磨成面粉，烘一个香喷喷的面包。

所以，当我们从天涯海角相聚在一起的时候，请不要踌躇片刻后的别离。在今后漫长的岁月里，有无数孤寂的夜晚可以独自品尝愁绪。现在的每一分钟，都让它像纯净的酒精，燃烧成幸福的淡蓝色火焰，不留一丝渣滓。让我们一起举杯，说：我很幸福。

所以，当我们守候在年迈的父母膝下时，哪怕他们鬓发苍苍，哪怕他们垂垂老矣，你都要有勇气对自己说：我很幸福。因为天地无常，总有一天你会失去他们，会无限追悔此刻的时光。

幸福并不与财富地位声望婚姻同步，这只是你心灵的感觉。

所以，当我们一无所有的时候，我们也能够说：我很幸福。因为我们还有健康的身体。当我们不再享有健康的时候，那些最勇敢的人可以依然微笑着说：我很幸福。因为我还有一颗健康的心。甚至当我们连心也不再存在的时候，那些人类最优秀的分子仍旧可以对宇宙大声说：我很幸福。因为我曾经生活过。

常常提醒自己注意幸福，就像在寒冷的日子里经常看看太阳，心就不知不觉暖洋洋亮光光。

有意义有节制的是真幸福

◇　◇　◇　◇

任何成瘾都是饮鸩止渴

有个年轻人，名叫安澜，他说自己干什么都会成瘾。

他说，我上学的时候就对网络成瘾。那时候，我每天起码有五小时要趴在网上，网友遍布全世界。人们都说上网对学习有影响，可那时我的英文水平突飞猛进，因为要和国外的网友聊天，你要是英文不利索，人家就不理你了。

我说，一天五小时，你还是学生，要保证正常的上课，哪里来的这么多时间啊？

安澜说，很简单，压缩睡眠，我每天只睡五小时。我有单独的房间，电脑就在床边。我每天做完作业后先睡下，四小时之后，准时就醒了，一骨碌爬起来就上网，神不知鬼不觉的，到了天快亮的时候，再睡一小时回笼觉。

爸爸妈妈叫我起床的时候，我正睡得香甜。很长时间，家里人看我白天萎靡不振的，都以为是上学累的，殊不知我的睡眠是个包子，外面包的皮是睡觉，里面裹的馅就是上网。

我说，青少年正是长身体的时候，你这样睡眠不足，是要出大问题的。

安澜说，还真让您说对了。后来，我就得了肾炎。因为不能久坐，我只好缩减了上网的时间。我休了学，急性期过了以后，医生建议我开始缓和的室外活动，慢慢地增强体力，我就到郊外或是公园散步。

一个人在外面闲逛，就是风景再美丽、空气再新鲜，也有腻的时候。我爸说，要不给你买个照相机吧，一边走一边拍照，就不觉得烦了。家里先是给我买了个数码的傻瓜相机。

果然，照相让人觉得时间过得很快，一只狗正在撒尿，一只猫正在龇牙咧嘴地向另外一只猫挑衅，都成了我的摄影素材。

白天照了相，晚上就在电脑上回放，自己又开心一回。很快，这种简陋的卡片机就不能满足我的欲望了。我开始让家里人给我买好的机子，买各式各样的镜头，还把自己认为好的照片放大。城周围的景物拍烦了，就到更远的地方去，我又迷上了旅游。

我的病渐渐地好了，但是错过了高考，我就上了一所职业学校，学市场营销。

毕业以后，我进了一家玩具公司。玩具这个东西，利润是很大的，只要你营销搞得好，拿比例提成，收入很可观。这时候，因为时间有限，到远处旅游和照相，变得难以实现，我就迷上了请客吃饭……

我喜欢请客时那种向别人发出邀请，别人受宠若惊的感觉。喜欢挑选餐馆，拿着点菜单一页页翻过时的那种运筹帷幄的感觉，好像点将台上的将军，尤其是喜欢最后结账时一掷千金、舍我其谁的豪爽感。

我思忖着说，你为这些感觉付出的代价一定很高昂。

安澜垂头丧气地说，谁说不是呢？去年年底，我拿到了七万块钱的提成奖励，结果还没过完春节，就都花完了，我可给北京的餐饮业做出了杰出的贡献。

我爸和我妈提议让我来看心理医生，说我这个人爱上什么都没节制，很可怕。将来要是谈上女朋友也这样上瘾，今天一个明天一个，就变成流氓了。我自己也挺苦恼的，一个人，要是总这样管不住自己，也干不成大事啊，您能告诉我一个好方法吗？

我说，安澜，我知道你现在很焦虑，好方法咱们来一起找找看。你能告诉我像上网啊，摄影啊，旅游啊，请客吃饭啊这些活动，带给你的最初的感觉是什么吗？

安澜说，当然是快乐啦！

我说，让咱们假设一下，如果在那个时候，来了位医生抽一点你的血，化验一下你的血液成分，你觉得结果会怎么样？

我以前当过很久的医生，对化验这方面有一点心得。当人们在快乐的时候，内分泌系统会有一种物质产生，叫作内啡肽。

我在一张纸上写下了"内啡肽"几个字。

安澜仔细端详着，说，这个"啡"字，就是咖啡的"啡"吗？

我说，正是。咖啡也有一定的兴奋作用。

安澜说，您的意思是喜悦，每当我进入那些让我上瘾的活动的时候，我身体里都会分泌出内啡肽吗？

我说，安澜，你很聪明，的确是这样的。内啡肽让我们有一种不知疲劳、忘却忧愁、精神焕发的感觉。这在短期内当然是很令人振奋的，但长久下去，身体就会吃不消。

有的人工作成瘾，就成了工作狂；有的人盗窃成瘾，就成了罪犯；有的人飞车成瘾，就成了飙车族；有的人权力成瘾，就成了独裁者……

安澜说，这样看来，内啡肽是个很坏的东西了。

我说，也不能这样一概而论。人体分泌出来的东西，都是有用的。比如当你跑马拉松的时候，只要冲过了身体那个拐点，因为体内开始有内啡肽的分泌，你就不觉得辛苦，反倒会有一种越跑越有劲的感觉。

任何事情都要有节制。

比如，温暖的火苗在严冬是个好东西，可要是把你放到火上烤，结果就很不妙。如果你不想变成烤羊肉串，就得赶快躲开。

再有，在干燥的沙漠里，泉水是个好东西，但要是发了洪水，让人面临灭顶之灾，那就成了祸害。

对于身体的内分泌激素，我们也要学会驾驭。这说起来很难，其实，我们一直在经受这种训练。比如你肚子饿了，经过一个烧饼摊，虽然烤得焦黄的烧饼让你垂涎欲滴，但是如果你没买下烧饼，你就不能抢上一个烧饼下肚。

如果你看到一个美丽的姑娘，虽然你的性激素开始分泌，你也不能上去就拥抱人家。学会控制自己的内啡肽，也是幸福的必修课之一啊。

学会控制自己的内啡肽，也是
幸福的必修课之一啊。

分泌幸福的内啡肽

幸福感究竟是什么东西呢？日本医学博士春山茂雄在《脑内革命》这本书中写道："人的心灵由大脑里的脑干、大脑边缘系统和大脑皮质组成。其中有一种神经，当受到外界刺激的时候，会使人产生快感。饮食、性生活给予我们充分快感，体育运动读书学习也能给予我们难以言状的快感。为他人奉献和为社会工作，也能带来精神的喜悦。这些快感都来自神经分泌的内啡肽。"

17世纪的英国医生、临床医学的奠基人托马斯·悉登汉姆干脆为鸦片大唱赞歌。他说："我忍不住要大声歌颂伟大的上帝，这个万物的制造者，它给人类的苦恼带来了舒适的鸦片，无论是从它能控制的疾病数量，还是从它能消除疾病的效率来看，没有一种药物有鸦片那样的价值。""没有鸦片，医学将不过是个跛子。"这位医学大师因此也获得"鸦片哲人"的雅号。

罂粟有毒，这不是罂粟的过错。为什么这世界上万万千千的动物，都没有因为罂粟而中毒，唯有人把罂粟提炼出来，浓缩为毒剂，让自己蹈入万劫不复的深渊呢？

有罪的究竟是一种植物，还是人类本身呢？

正在这时，我开始剧烈地腹痛，经常半夜时分捂着肚子，直奔医院的急诊科。疼痛锥心刺骨，我蜷缩在急诊室肮脏而冰冷的地板上，单跪着一条腿，屏住气，用膝盖抵住腹部，好像一个狼狈的骑士在蹩脚地求婚；

痛得连医生问我叫什么名字,都无法回答。急诊科的医生诊断我为胆绞痛,开出了"红处方"。那上面赫然写着"杜冷丁 100 毫克"。

杜冷丁是人工合成的麻醉药物,对人体的作用和机理与吗啡相似,但镇痛、麻醉作用较小,仅相当于吗啡的 1/10 ~ 1/8,作用时间大约能维持 2 到 4 小时。

对于不熟悉医学的朋友,让我打个不怎么恰当的比喻,如果说吗啡是中学生,杜冷丁只能算是小学一年级。

但即使是这样一位内啡肽系列的小兄弟出手,效果也非常显著。那痛彻心扉的折磨,大约在注射 10 分钟之后,烟消云散了。我惊奇地抚摸着腹部,好像觉得刚才的剧痛是一个幻觉。随之又出现了轻松活泼的感觉,人有一种沸腾起来的欲望。之后是深沉的困倦,好像不由自主地潜入了海底……我第二天早上醒来,觉得精神抖擞意气风发,似乎从来没有睡过这样的好觉。

后来,我把这种体验同一位毒理药理专家说起,他说,你要是吸毒的话,一定会很快成瘾的。我吓出了一身冷汗。

我从自己的亲身经历得出了一个结论,如果单是在医疗领域里正确地使用吗啡类药物,人真是要对吗啡鞠个躬。它是那样快捷而又斩钉截铁地消除了疼痛。

当然,它是治标不治本,有点像灰姑娘的金马车。有效时间一过,病痛照旧发作,金马车就变回了老南瓜。我的病,后来是在医院开刀做手术,才算治好了。

为了写那部小说,我走访了很多在戒毒过程中的瘾君子。我原来觉得他们都是愚蠢透顶或头脑简单容易上当受骗的人，不然为什么亲手给自己制造了灭顶之灾？

真正结识之后，交谈一番，才发现他们大部分都是很聪明伶俐的人，好奇，对新鲜事物很敏感，害怕孤独，喜欢出人头地……一句话，他们的智商绝不低，有些还出类拔萃。

我几乎会问每一个吸毒者，你第一次吸毒，是为什么呢？

我得到最多的回答是：为了寻求幸福。

当我第一次听到这个答案的时候，震惊之余根本就不相信。我想，这是他们为自己编造的一个冠冕堂皇的理由。后来，听得多了，这句话一次又一次震荡在耳边，我相信了他们，他们是真心实意地这样讲。当然，说法略有差异，实质是一样的。

比如，有的人会说，我觉得自己不开心，听说只要吸上几口这东西，就不那么烦了。

有人会说，我失恋了。我没法不想她。别人告诉我，吸一口这玩意儿吧，你什么都忘了。你就能走过这一段揪心的日子了。

还有人说，我很孤独，没有人搭理我。只要我吸了毒品，我就觉得自己强大起来，要什么有什么，对自己充满了信心。

凡此种种，令我痛惜不已。

他们都有一个美好的愿望，为了让自己更幸福。却不料一拐弯，从寻找天堂的路上掉进了地狱。

为什么？戒毒者们睁着迷茫的双眼，我也百思不得其解。

后来，我终于明白了。内啡肽扮演了一个极端诡异的角色。

内啡肽本来是无罪的。它是人们自己在生命过程中生产的一种激素，你也可以将它理解为一种能量。它能够帮助机体对抗重重恶劣环境，成为激发自身免疫体系的酵母，是我们的宝贝。正像国外的科学家们所研究出来的那样，如果我们的机体能够稳定地保持着生产内啡肽的能力，内啡肽源源不断地荡涤着身体的每一个细胞，我们就年轻而有活力，身心愉悦。

可惜的是，内啡肽的产生是很吝啬的，是要我们付出艰苦的努力才能获得的。

一个老农，辛辛苦苦在土地上耕耘了一年，收获的时候，看着麦浪翻滚的田野，脸上露出了灿烂的微笑。我相信，这时候，如果有个穿白大衣的科学工作者，抽取他的血液去化验，那么，他的内啡肽一定是在一个很高的水平值上。

如果一个年轻的学子，经过十二年寒窗苦读，终于考上了自己理想中的大学，在接到邮递员递过来录取通知书的时候，如果有人在这个节骨眼上抽取他的血液去化验，我猜他血中的内啡肽也一定汹涌澎湃。

这就是幸福时刻。它来之不易！如果没有老农一年来风霜雨雪中的辛勤劳作，就没有丰收的喜悦。所以，这是他的汗水换来的。

如果没有学子的不懈努力，我相信等待他的就是另外一番情形了。

所以，我们体内的内啡肽，是体力和精神双重努力的结果。它带给我们的欢愉，宝贵而稀少。

现在，是最好的日子

◇　◇　◇　◇

藏着幸福精灵的白土布

有一年，我到不丹去。下飞机，先过海关。男女官员皆穿一种特殊土布服装，图案是朴素的小格子。刚开始我以为那天是一个节日。印象中，我们似乎只有过节和歌舞的时候，才穿民族服装。后来方知道，这就是不丹的国服，由国王亲自制定样式，并且身体力行。宣传画上，不丹的五世国王，全部着这种服装。全国的公务人员，上班时必须着这种民族服装。男性是类似藏袍的裙装，长度及膝，称为"裹"(Gol)。女性是三件套，长度及足踝，称为"旗拉"(Kira)。

不丹政府在2005年，专门发布了一份文件，成立了"不丹研究中心"，这是一个独立的专门研究幸福指数的机构，位于不丹首都廷布。由它制定了不丹的"幸福指数"标准。包括以下诸方面：

第一，精神上的幸福；第二，健康；第三，教育；第四，时间的使用和平衡；第五，文化的多样性和弹性；第六，好的治理；第七，社区的重要性；第八，生态的多样性和弹性；第九，生活标准……

这些题目力求覆盖人类生活最广泛的范畴和环境因素，具体设计了290多个问题，反映影响个人和社会幸福感的各个方面。如果说真理真的只存在于细节之中，这个包罗万象的民意调查，就是力图穷尽组成幸福金字塔的每一块基石的细微接榫，尽可能寻找距离真相最近的答案。

当我在打印机上打出这290多个问题的时候，用了整整34页纸。我的设备落后，是那种古老的带小孔的连续打印纸。当长长的纸带从老式针式打印机吐出来的时候，恍惚是一匹藏着幸福精灵的白土布。

不丹的幸福指数统计中，有一个问题，是我在所有的中国幸福卷子中都没有看到过的。它让我深深感动并愧疚。这个问题是——你可知道你曾祖父曾祖母的姓名？

万分惭愧，我不知道。我知道我祖父祖母的名字，但对曾祖父曾祖母的姓名，全然不知。我极为抱歉并且永远遗憾，它极难弥补。我的曾祖父母都是普通的农人，没有名垂史册的功勋。我的父母和他们那一辈的亲属，皆已过世。如果将来找不到家谱，面向茫茫虚空，我再也无法得知有关他们的线索了。

久久思忖——在不丹的幸福指数里，为什么列上了这样一条呢？

我想是为了不忘本，珍惜我们的传统文化，尊敬我们的祖先。知道我们从哪里来，思考我们将到哪里去。一个民族之所以能够有尊严地日渐强大，一定要有自己的根。这个根，不是一句空话，它是由我们无数的祖先的双手缔造和繁盛起来的。我们的曾祖父母也在其中流淌过汗水甚至鲜血。它是把对传统的爱惜和传承，具体到了一个充满温情的银环上，在怀念和警醒中叮当作响。在此希望所有不知道自己曾祖父母姓名的子孙们，赶快去挽救，问清这件事并铭记在心。万不要像我这样悔之莫及。知道和不知道，是不一样的。

　　吴敬梓在《儒林外史》里写过一位有钱而不幸的人——严监生。他家里算上继承来的财产，再加上自己省吃俭用的钱又去买田置地，旧产加新产，大致已有了十多万银子的家底，这在当地绝对算是大户人家。如此大的地主生病在床后，家人劝他进补，严监生却舍不得银子吃人参，直到临死，还在为两根灯草死不瞑目。

　　幸福是不是财富的积累？

　　当三十多年前不丹提出国民幸福总值的发展概念的时候，完全没有引起西方经济学界的重视。后来，一些西方非主流经济学家殊途同归地进入了经济和幸福的研究。定量研究发现，当人们的收入达到一定水平之后，幸福和 GDP 的关系就基本不相关了。

　　留一点时间给自己，留一点当下的幸福给自己。不要丧失了过程中的幸福感。幸福并不是爬到了山顶的那一刻，而是贯穿在攀登的全过程。不要给幸福开一张渺茫的支票，而且不肯签上自己的名字。如果说一味追求快感，不懂得节制的幸福，是饮鸩止渴。这样禁欲敛财式的幸福，如同一个黄连粉制作的菜团子，你始终无法抵达香甜的核心，就算真的吃到了内核，也会发现那内核不论原本多么香甜，在苦不堪言的大寒之药浸泡下，早已失了原味。

留一点时间给自己，留一点当下的
幸福给自己。不要丧失了过程中的幸福
感。

黄连团子的人生

黄连，大家都很熟悉。李时珍的《本草纲目》说：黄连大苦大寒。至于团子，大家更常见，就是把面粉或米粉揉成一个圆饼，然后在其中加上糖或是豆馅包起来，就成了好吃的汤团或是麻团。要是包进菜，就是菜团。要是包进黄连，就成了咱们所说的黄连团子。

谁没事把黄连包进团子里啊？那多苦啊！如果要治病，就干脆直接吃黄连好了。如果要充饥，就直接吃团子，把它们俩合在一起，能好吃吗？

说得对。世上并没有一种食品叫做黄连团子，不过可有一种享受幸福的方式，叫做黄连团子型。可能有朋友要问，这个黄连是包在团子的里面，当做团子的馅吗？我要说，这个黄连团子，是用黄连磨成粉当做皮，把一个美好的理想当成馅包起来。吃的时候，当然是先吃黄连了。它指的是有些人把目前的生活过得十分清苦，总想以后再来享受，他们日复一日地劳作，忍受万千辛苦，任劳任怨，把每一分钱都积攒起来，不敢有丝毫的放松。他们终年忙碌奔波，牺牲眼前的幸福，图的就是将来有一天，自己可以从容地享受幸福。也许有人要说，这样也不错啊，等到把黄连吃完了，不就苦尽甘来了吗？理论上可以这样说，那些持有黄连团子型幸福观的人，心里也是这样想的。殊不知，这黄连乃寒苦之药，长久地沉浸其中吞咽入肠，加之长期的奔忙劳累，人就受了内伤，早已麻痹了感知幸福的神经和能力，很多人根本就没有等到享受幸福的那一天，就积劳成疾撒手人寰。他们一直在预约幸福，却难得真正地享受幸福，实际上等于消灭了幸福。

这类人多半热衷于攒钱，从来不知道享受，认为人生就应该是受苦，享受就是大逆不道。到老了，没有牙，吃也吃不动，喝也喝不下；要想出去旅游，四肢俱软，已经没有那个体力了。他们一生还有很多愿望没有实现，就无声无息地驾鹤西行了。

这种吃苦耐劳、未雨绸缪、总是生活在不安全状态的幸福观，在很长一段时间内，是物质生活条件的低下和社会的不安全感所致，有它滋生的土壤和一定的合理性。然而，我们已经从温饱进入到小康社会，一味地把幸福推到遥远的将来，这是值得商榷和需要改变的幸福模式。

汉代韩婴所著《韩诗外传》讲了这样一个故事：皋鱼周游列国去寻师访友，故很少留在家里侍奉父母。岂料父母相继去世，皋鱼惊觉从此不能再尽孝道，深悔父母在世时未能好好侍奉，现在已追悔莫及了。这正是"树欲静而风不止，子欲养而亲不待"。

为什么"亲不待"了？因为他们已经走了。大家常说"我父母一天好日子也没有过上"，指的就是这种遗憾。

活在当下，把握每一个真实的刹那

◇　◇　◇　◇

无助的不是人生，是你的心态

据说国外的一家马戏团正在演出，人们看到一头大象被细细的绳索拴在一棵小树上，正在乖乖地用大鼻子吃草，不远处就是大象梦寐以求的森林。

人们问马戏团的首领，大象愿意表演吗？

首领答道，大象做梦都想回到丛林。

人们接着问，那大象为什么不跑呢？要知道，它的力气那么大，它真要跑，谁也拦不住它。

首领说，是这样啊，没有人能拦住大象，只要它想跑，谁都没办法。

人们不解，那大象为什么不跑呢？

首领一努嘴说，你们没看到那条绳子吗？它拴着大象呢！

人们就笑起来，说，这条绳子怎能拴住大象呢？只要它一使劲，这么细的小绳子马上就断了，大象就能回归森林啊！

首领说，你们说得不错。但是，大象永远不会去挣脱那根细细的小绳子。它知道自己是无法挣脱这根绳子的。

大伙儿万分不解，说您这根绳子是特殊材料制成的吗？看起来很普通啊！

有人说着，还走到跟前，仔细地看了看绳子。的确，这是一条非常普通的绳子，别说是大象那一身排山倒海的气力，就是一个强壮点的人，也能把这绳子挣脱。

首领说，不错，这就是一根普通的绳子。可是，你们要知道，它是从这头大象还是很小的小象的时候，就绑住它了。

人们还是不解，这有什么关系呢？

首领意味深长地说，症结就在这里。当这头大象还是小象的时候，它就被这根绳子缚住了。它无数次地想挣脱绳子，都失败了。久而久之，小象知道自己的努力是徒劳的，知道自己是无法挣脱这根绳子的，它就不再做这种无用的努力了。

人们惊呼，可是小象已经长大了啊，它只要再试一试，就能挣脱绳索回到大自然里去！

首领说，大象并不知道这一点。它以为自己还是一头小象。

在现实生活中，这种长不大的小象比比皆是。在心理学上，有一个专业术语，叫做"习得性无助"。

"习得性无助"是美国心理学家塞利格曼1967年在研究动物时提出来的。他用狗做了一项经典实验。起初他把狗关在笼子里，只要蜂鸣器一响，就给狗以一定程度的电击，让狗感到很不舒服。狗想逃避，可是它被关在笼子里，上天无路，入地无门，逃避不了电击，只好被动地忍受。经过多次实验后，蜂鸣器先响起来，但在给狗以电击之前，实验人员就把笼门打开了，按说狗是可以借此逃走的。但是此时狗不但不逃，而是不等真正的电击出现，就自动地先躺倒在地，开始呻吟和颤抖。

这个实验证明，在本来可以选择主动逃避的时刻，由于以往的痛苦经验所产生绝望的情绪，出现被动地等待痛苦来临的行为，这就是习得性无助。

塞利格曼再接再厉，1975 年，他开始用人当受试者，继续验证他所发现的"习得性无助"。实验继续表明，"习得性无助"不但会发生在动物身上，在人身上也同样会发生。最可怕的是，人在一个情境中形成的"习得性无助"还会迁移到其他情境中。比如你读书成绩不好，下次让你去种树，你会觉得自己也做不好，树肯定会死的。再下次让你去推销，你也觉得自己做不好，一件产品也卖不出。

"习得性无助"有这样一个形成过程：频繁体验挫折——产生消极认识——产生无助感——出现动机、认知和情绪上的损害。这种习得性无助，会让我们丧失了对幸福的感知力。

幸福不是从天上落下来的,而是
奋斗来的。因为害怕失败,就拒绝了奋
斗和挑战,那也就是从根本上拒绝了幸
福。

你的第一责任是让自己幸福

如果我说，有人会一再地拒绝幸福，一定会有很多人反驳我说，幸福是多么美好的时刻，怎么还会有人要拒绝呢？可是，看了以上的例子，你是不是会赞同——当那只屡受电击的小狗，放弃了可以脱逃的机会，就是放弃了可以争取的幸福呢？

你会不会赞同——那头大象，忘记自己已经长大的事实，就拒绝了唾手可得的幸福呢？幸福不是从天上落下来的，而是奋斗来的。因为害怕失败，就拒绝了奋斗和挑战，那也就是从根本上拒绝了幸福。

简言之，就是当下不幸福，将来也不幸福。很多人就是如此委屈地活着：为了金钱，在一个很不喜欢的人手下苟延残喘。为了舆论，在一桩极不幸的婚姻中挣扎；为了提升，在一个很不惬意的单位佯装笑脸；为了讨好他人，用整整一生来揣摸他人的心思；为了一个户口，一个身份，反倒完全忘却了自己是谁……这就是馊馅饼的幸福观。

馊馅饼型和黄连团子型有一点相似之处，就是都有馅。如果说黄连团子的馅还是甘甜的枣泥或是莲子羹，还有某种合理性和实用性的话，那么这第三种幸福，连馅带皮子，均一无是处。馅饼馊了，从外面包裹的面皮，到里面填塞的肉馅，对不起，全部是坏的。吃起来没有好味道，甚至还会引起拉肚子，损害身体健康。

这种幸福观，指的就是某些人固执于一种既对眼前不利，对长远也没有好处的生活态度。这种人很消极，认为自己根本就不配享有幸福，总是对生命采取破罐破摔的态度，没有希望，放弃了对幸福的追求。一事当前，他总是能找到消极逃避的理由。

我们为什么缺少幸福感？有了这个疑问之后，我开始观察周围的人。其实，活在当下，拥有"小确幸"的人，少之又少。"祝你幸福"，永远是最多的吉祥话，可见幸福的缺失，是中国人的集体无意识。

费尔巴哈说过："你的第一责任是使你自己幸福。你自己幸福了，你也就能使别人幸福，因为，幸福的人愿意在自己周围只看到幸福的人。"常常听到有人说，他不幸福，希望别人给他幸福。我想，这就是他不幸福的根源。

幸福要回答

1.画出你生命中最幸福的瞬间。

2.你目前最大的困境是什么？请写出你为之改变的10种努力。

辑二　　疗愈

PART 2

毕淑敏说：

境由心造，你的心创造出对应的现实。

两个儿童走进两个不同的房间，一个房间里摆满了玩具，一个房间里只有一堆马粪。一个迅速拿起一个玩具，又换了另一个，每个玩具只玩一会儿，他抱怨说，他无聊极了，需要点别的。

另一个孩子来到一堆马粪前，他脸上流露出灿烂的微笑。

当别人问他为什么这么开心。"因为这里一定有小马。"他快乐地回答。

如果你的处境就像面前的这一堆马粪，你要试着对自己说："这里一定有祝福。"

境由心造，你的心创造出对应的现实。

我们每个人的生命经历，完全是由我们自己创造的。我们现在的想法，创造着我们的未来。所以，我们自己要为自己负责。

即使世事变得黑暗，生活陷入不幸，我们必须记住，美丽仍旧留在那里。注意美好的事物，想着美好的事物，绝不是对现实的逃避，而是对自我的成全。

我们的态度，决定了我们心情的高度。

最明智的做法是：接受你不可改变的那一部分，改变你能够改变的那一部分。我们可以列出一列，像出身的阶层、长相及缺陷，这些是我们不可改变的。而我们能够去修炼、弥补和提高的，就是我们可改变的那一部分。

每个人面对不可改变的和能够改变的，都会有自己的选择。每个不同的选择，会通往不同的风景，收获不同的人生。

一念天堂，一念地狱。

我们创造了自己的疾病

◇ ◇ ◇ ∧

身体是个笨小孩

二十世纪八十年代，我在北京一家工厂担当卫生所所长。重工业厂，数千工人，炼铜的炉子终日火光熊熊，火苗是孔雀翎一般的翠蓝。一线职工24小时连轴转，医生们也是三班倒，诊所时时刻刻都亮着灯。

有人重病，需联系医院。有人病危，需通知领导探望。有人过世，就得负责八宝山遗体告别买花圈直到火化……五花八门万千气象。所长官职极小，事务极杂。待回到家里，马上蜕为主妇，烧洗采买，摸爬滚打。

某日，我被鲁迅文学院和北师大联合举办的文学研究生班录取，同学还有莫言、刘震云、余华、迟子建等人。这自然是极好的学习机会，但披着白大衣的卫生所所长摇身一变去读文学的研究生，似乎风马牛不相及，还是尽力兼顾。

学校每周四天课，两个整天，两个半天。上课的日子，下课铃一响，我就火速奔回铜厂履行卫生所所长的职责。当时北京电力紧张，铜厂是耗能大户，周日正逢用电低谷，厂里不休息。厂休日是每周二，正好那一天文学院全天授课。我在一年多的时间里，每周7天，终日陀螺一样旋转，全无休歇。

从厂里到鲁院，往来路程近四小时，一年下来，走的路，几乎抵上一次长征。慢慢地，我开始感到非常疲倦，夜里噩梦连连。不是梦见上课迟到，就是梦到自己给人看错了病，把好端端的人给治死了。时间像一条酷日下晒了3个月的毛巾，再也拧不出一滴水。我会在报销单据上填错小数点，会在鲁院的课堂上心猿意马，想着某个老工人住院快咽气了，无论如何要去探望。仿佛一个炸裂的红气球，到处都是残破的不规则碎片，每一片再无丝毫弹性。走投无路之时，我脑子中电光石火跳出一个念头——要不，干脆生一场重病吧！这样就可以不必两条战线同时狙击了。

只是，生一场什么病好呢？疾病也像超市的货架，名目繁多。我没来由地苦笑一下，陷入斟酌。头痛感冒？不妥不妥。无论你当时发多高的烧，哪怕咳嗽得快吐血，人人都知道用不了几天就会慢慢康复，无法一病到底。要不然，就得心脏病吧！细一盘算，也不行。心脏有病，只要不是彻底罢工，单凭肉眼是看不出来的，只有用心电图等仪器才能诊断。就算你把心电图贴成大字报，别人也会说风凉话，一个当医生的人，弄张图还不容易？没准是自己画的呢。再不然，就得肝炎吧！如果眼珠子都黄了，昭示天下，谁也没法说你装病。这个念头刚一冒出来，就立马被否决了。不成不成，肝炎太邪乎了，若是转成慢性，会有可怕的后遗症。

再说此病传染，会给家人和工作伙伴带来很多麻烦。实在没辙，就得个腰椎间盘突出吧！这病很常见，大家都知道不能累着，要好好休息呢！又一琢磨，难以成立。如果真躺倒了，还怎么上学呢？

胡思乱想一阵，昏然睡去。睡梦中还在思忖，如果有一种病，看起来很严重，但对重要脏器没有危及生命的损害，别人又能一眼看出你病了，那就好了……

每夜均在疲惫和焦灼中度过，不过只要太阳一升起来，我就精神抖擞地奔跑在路上。其后某天，我像往日一样早起，刷牙的时候，突然无法鼓起腮帮子漱口了，温水顺着嘴角滴滴答答向下流淌，顺着脖子流到锁骨凹处，继续向下洒落在前襟。当我还没想明白这是怎么一回事的时候，10岁的儿子走过来，奇怪地盯了我一眼说，妈妈，你不要做鬼脸吓我……

事情有点不妙，我赶紧去照镜子，爱人正好走过来，愕然道，你的右半边脸，像一张门帘垂了下来……

我在蒙着水汽的镜子中，看到了一个口眼歪斜的女人，眼睑下坠，鼻子向左侧皱着，右嘴角夸张地耷拉着，一行口水亮晶晶地滴下……

我是个训练有素的医生，马上为自己做出了诊断——这是我的第七对脑神经——面神经瘫痪了。

我安安静静地循序渐进地完成一系列的检查，脑海中波澜不惊，我知道终于可以休息一下了。摄完颅脑ＣＴ片之后，医生嘱我暂且回家静养，如果病情加重，出现肢体麻木和瘫痪，速来急诊，并给我开了大量的激素和病休。

我走出医院，仰望苍天，长出了一口气。我知道这是我的身体为我找到的一个光明正大的理由。我得了一种病，这病是如此先声夺人触目惊心，不管你有没有医学常识，都可在第一时间一眼看出来。我不必说一个字，人人都知我罹病。对于一个女人来说，容貌是非常重要的事情，我已被疾病毁容，人们会生出同情之心。最重要的是，我有了假条，可以不再履行工作的职责了。

我为此付出的代价是——吃了很多激素（为了阻遏神经病变，唯一有效的方式是使用大剂量激素），体重大增。为了让歪斜的口眼早日复位，我一日数次用艾条熏面，用四寸长针贯穿穴位，半边脸糊满了黄鳝血（这是一个民间治此病的土方）……

我的脸，一直到我文艺学研究生课程结束之后，才基本复原。我不知道这是不是我的身体对我的一个回报？它让我因此得到了一个喘息的机会，得以完成我的学业。不然的话，我就很可能中途辍学了。

我们的身体可爱又可恨，它的智力水平有点像一个孩童。它很想表现得乖，让我们的思想和意志满意。它甚至听不懂哪些是反话，哪些是气话，哪些是诅咒发誓，并不当真的。它没有这么复杂的分辨能力，它还比较原始，相当于人类进化的早期雏形。很多时候，它以为是在帮我们的忙，其实造成了巨大的痛苦和后遗症。当然，我们也常常会从中获利。从这个角度上说，所有的疾病都是有意义的，在生理发病之前，我们的心理已罹患重疾。

身体无时无刻不在倾听着我们的心理，预备挺身而出帮助我们。虽然这个忙常常是倒忙，但这不是身体的过错，是我们整个系统超过了负荷，

我们的身体可爱又可恨，它的智力
水平有点像一个孩童。

是我们没有找到有效的解决途径，身体才开始了越俎代庖的发言。继续发展下去，身体就像雪灾中的电塔，轰然倒下。如果早一点除冰，结局或许不一样吧。

和自己的身体对话

露易丝·海，是一位美国的女心理学家。

她说，我们每个人的生命经历，完全是我们自己创造的。我们自己要为自己负起责任。而我们现在的想法，创造着我们的未来。

露易丝·海有一个振聋发聩的说法——我们每个人创造了自己的疾病。

当然，她不是第一个提出这个观点的心理学家，但是她列出了一个表，一一列举了导致疾病的可能的思维模式，还有治疗这些疾病的新的思维模式。我对她的这一部分建树，简直佩服至极。她当然也不能保证这些说法是百分之百的有效，不过根据统计，有超过 90％的疾病是心理原因导致的。

下面，我就复述一下露易丝·海的观点。

首先她强调我们要学会听到身体的讲话。身体的语言，有时候是模糊的，有时候声东击西含糊不清。我们要有和自己对话的经验。路易斯·海给出了一个身体语言的小词典。

"头发"代表了力量，在某种程度上，也释放着求偶的信息。脱发，表示着健康程度的下降，过度的紧张。

"耳朵"代表着听。当耳朵出现问题的时候，代表着在某种程度上，你再也不想听到某些东西了，代表着你对听到的东西生气。

"眼睛"代表看的能力。当眼睛出现问题的时候，通常代表着我们生活中有什么东西，是你不愿意看到的。比如我们有这么多戴眼镜的孩子，那就是他们对过重的学习负担的无声反抗，如果他们对这些无能为力，他们将在无意中调整自己的视力，这样他们就看不大清楚了，可以保护自己，不愿面对未来。

"颈部"代表着灵活。特别固执的人，尤其是对环境有某些顽固的感受的人，容易罹患严重的颈椎病。比如有些人就顽固地相信自己从小学来的方式是最好的。他们不愿意改变的时候，颈椎往往成了替罪羊。

"咽喉"代表着我们大声说话的能力，表达你所希望得到的，你所企求的。当我们的喉咙出现问题的时候，通常意味着我们觉得自己说某些话是不恰当的。它还代表着身体内部的创造力。能量集中在咽喉部。

比如，当你准备发言的时候，你通常要清清喉咙。

当你表示厌恶某些人的时候，你会吐唾沫。中国有句话叫做"唾弃"，当我们没有能力做真正的抗争的时候，我们往往把能量放在咽喉部。

"后背"代表我们的支持系统。后背出现问题，意味着我们感到没有支持。如果觉得自己失去了家人、配偶、孩子、老板、朋友等人的支持，感觉到支持受到破坏的时候，人极容易感到背痛，丧失力量感。大家常常会说"身后有强大的力量""背负着重大的责任"，就是这个意思。当我们支持某个人的时候，我们会说，我会站在你的背后。还有，没钱或是害怕没钱的时候，也容易背痛。

"心脏"代表爱。这就不多啰嗦了，你看看到处都是红色桃心，就明白这个观念是如何深入人心了。

胃有病的时候，一般来说是有什么我们不得不下咽的东西，你得接受它，你必须强咽下去，可你不喜欢。于是你的胃就代表你提出抗议了。

生殖系统的疾病，通常是我们感觉到性的肮脏或是不喜欢自己的性别角色。

肠道和你的放弃废物的能力有关。便秘的人，常常也是十分会过日子的人。这是好听点的说法，更直接的说法是比较吝啬。哈！连大便也要储存起来，舍不得排出体外。

腿的问题，常常意味着你害怕向前走。膝关节有问题，通常是拒绝妥协和弯曲，特别倔强。

肥胖代表着不安全，于是希望储存更多的食物。尤其是来源于父母的不安全感。他们只顾给孩子喂食，觉得这就是爱和关怀。于是给孩子传递了这样的信息：关爱自己就是多吃东西。

"多吃点""吃好点""你还想吃点什么""一定要吃饱吃好"等等，都是饥饿的孑遗。

再来谈谈更年期的问题。它的实质就是害怕衰老，害怕自己不被人需要。

露易丝·海 (Louise Hay) 身心对应表（全版）

症 状	思想形态的症结	治疗它们应有的正确意识
溃疮脓肿	感情受伤害、轻蔑、仇恨	我不允许自己生活在腐化的思想里，我是和平的
痤疮、粉刺	不能接受自己，不能接受环境	我爱我自己，我接受我周围的一切
意外事故	对权威的反抗、相信暴力、愤怒	我以和平的心接受生活的一切
腺状肿	家庭的冲突、自以为是不受欢迎的人	我是一个受欢迎并被需要的人
耽溺嗜好	恐惧、自我排斥、爱的缺乏	我爱我自己，没有任何事情能超越宇宙给我的爱
衰老退化	思想老化	我接受任何年龄，每一个年龄都是完美的
酗酒	无所适从、感觉徒劳无益、潜在的罪恶感	过去的让它过去，我的生命是有意义的。我爱自己，并完全地接受我自己
过敏	对事物过分敏感、掩饰、恐惧与自私	我是和平的，世界是安全友善的
贫血	对生活缺乏兴趣、缺乏快乐	生命是充满喜悦的，我对每一件事都有兴趣
盲肠炎	对生活有所恐惧，缺乏流畅感	我放松自己，让生命之泉流畅
动脉硬化	思想观念狭隘，排斥别人	我接受别人的思想观念，我以开放的心享受人生
关节炎	对生命感到苦涩、憎恨，对爱感到缺乏	宽谅一切。我让别人自由地表达他们自己。我是自由的
气喘	过分敏感、窒息的爱、压抑情绪、呆滞窒息的感觉	我的爱是无条件的。我选择自己的人生。我是自由的，别人也是自由的
背痛	上半身缺乏精神的支柱 下半身缺乏财务的支持	我信任宇宙；我毫无恐惧地爱与信任。宇宙本身便是我的支柱
尿床	对父母感到恐惧	我得到父母的怜爱、关怀与了解
先天性残缺	因果，自己选择如此出生的，选择我的父母	没有任何罪恶，只是与自己本身及父母有某些症结需要了解与排解
膀胱炎	焦虑、对既往无法释怀	过去的让它过去；迎接新的改变

续表

症 状	思想形态的症结	治疗它们应有的正确意识
血液病	郁闷不乐、思想呆滞不流畅	快乐地生活，创造新的意境、思想，并让它流畅
高血压	长久的情绪问题没有解决	我让既往的不愉快随风而逝，它们已不在我的意识里
低血压	沮丧、消沉、忧伤、失败、失意感	我要振作，创造快乐的生活
疖	沸腾的愤怒	我放开所有的愤怒
骨病	对权威的反抗（骨头是心识的结构）	不与权威争斗。在我的世界里，我是我自己的主人
脑肿瘤	相信不正确的事、固执、拒绝改变	生命本身就是不断变化，我成长的方式也将不断改变
囊肿	过分受呵护，以致感到窒息	我是自由的，我允许每个人都有他们的自由
支气管炎	激昂的家庭气氛	心平气和，没有人可以使我愤怒
灼伤	怒火中烧的愤恨	我对任何事情都保持心平气和
黏液囊炎	压抑的愤怒	放松自己，不作无谓的愤怒
瘀伤	生活或情绪上有所冲击	我没有惩罚自己的理由，我以爱面对生活
癌	长久忍受内心深处的忧伤与愤怒的侵蚀	我内心没有秘密，我放开以往的一切，我目前的生活是快乐的
晕车	恐惧、感动被桎梏与陷溺	我不害怕，我自在地随时间与空间而前进
白内障	黑暗的远景，无法前瞻	我的前途是光明快乐的，我是自由的
胆固醇	不敢面对快乐	欢乐是正常的，我爱人生
伤风	惶恐、杂乱、小小的伤害	我的思想是自由的，我内心是和平的
结肠炎	过分严谨的压抑、失败、感情的需求	我是自由的，生命是欣欣向荣的
便秘	拒绝改变旧有的生活、吝啬	我放开过去的一切、我慷慨地让生活流逝
咳嗽	神经紧张、恼怒、批判、压抑	我以和平方式表达我自己，我以爱表达生活
痉挛	紧张、紧握住痛苦	我放松自己，让人生流畅

续表

症　状	思想形态的症结	治疗它们应有的正确意识
耳聋	排斥、拒绝不愿听的、固执、强烈的隔离	我倾听宇宙之音，我生命的喜悦，我是宇宙整体的一部分
糖尿病	深深的哀伤、生活里没有甜蜜	我所有的哀伤都将成为过去。我用爱来增加生活的甜蜜
腹泻	对某种思想害怕与排斥	我让过去的事物自然流逝
驼背	背负着过多的愤怒、聚积的憎恨	过去的已过去了，没有人能伤害到我
耳痛	愤怒、不愿听	我以爱与了解去听别人的心声
湿疹	过分敏感、受到伤害	没有人会威胁到我，我的安全有保障
浮肿	对某种事物紧抓不放	我放开一切，我是安全与自由的
癫痫症	排斥生活、感觉被迫害、以暴力面对自己	我爱我自己，爱生活的全部。生命是永恒的喜悦
眼疾	不喜欢生活里所见的事物、看不见真理	我爱接受我所看见的事，我以透彻的眼光看人生、看真理
脸的伤害	错误的自我价值的体认	我对自身的价值有明确的体认
头晕	害怕、与现实无法配合、空白感	我有足够的知识与力量，去处理生活中的每一件事
怠倦	排斥、对生活感到乏味、缺乏爱	我对生活抱着热忱，我以活力面对人生
发烧	焦灼、愤怒	我以宁静与和平来表达爱
脚	对未来感到恐惧	我对真理有信心，对未来有信心
胀气痛	紧抓着无法排解的意识	我放松自己并悠然自在地生活
胆结石	苦涩、强硬无法排解的思想	对既往释怀。生活是流畅甜美的，我也是甜美的
腺肿	不平衡、杂乱无序	我是完全平衡有秩序的
青光眼	长久的情绪伤害与压抑	没有人能伤害我，我以爱与柔情的眼光来看世界
味觉	缺乏耐心、愤怒、控制欲	我放开自我的优越感，我允许别人表达他们自己
成长	错误的价值观与骄傲	我原谅并爱我自己
齿龈	无能为力去实现所做的决定	我是有毅力的人，我对我自己的决定会贯彻执行
手	拿不起也放不下、害怕新的转变	我对任何新的理想、新的转变，都以爱来接受

续表

症 状	思想形态的症结	治疗它们应有的正确意识
口臭	腐败的态度、愚蠢的思想、恶劣的谣言	我的语言温和充满爱，我只吸收并表达善良的心意
花粉热	情绪纷乱	我与宇宙是一个整体
头痛	紧张、情绪困扰、对未知数的恐惧	爱、和平、轻松，在我的世界里每一样都是美好的
心脏病	严重的情绪问题、排斥、紧张与压力	快乐、欢乐、喜悦，我接受生活的全部
痣	压力、紧张、恐惧、无法放开	我放开所有的压力与负担，我生活在眼前的欢乐里
肝炎	愤怒、恐惧、憎恨，肝是原始的情绪与愤怒的温床	我放开所有的愤怒，我的意识是清净无染的，我的意念是清新有活力的
脱肠疝气	紧张、精神负担、不正确的自我表达	我的人生是和谐的，我以温和柔爱我自己
臀部	害怕勇往直前、做重大决定	我快乐地向人生迈进，生命本身会有支持我的力量
荨麻疹	潜在的小恐惧	我生活里的一些琐碎小事，也是和谐欢乐的
性无能	性压力、紧张、对配偶的轻蔑排斥	我以轻松愉快的态度面对人生
消化不良	恐惧、焦虑	我吸收消化生活里的一切
精神错乱	逃避、退缩、与生活脱节、对家庭的逃避	我是宇宙神圣的产物，我知道自己的真实身份与价值
失眠	压力、愧疚感、恐惧	我放松自己，安然和平地睡，明日将有新的开始
痒	欲望不满足、怨愤、悔恨	我所有的理想将会实现，我内心和平无怨尤
黄疸病	偏见	我对每个人都给予宽容、爱与怜悯
肾脏病	批评、失望、挫败感	人生每一面都是美好的，每一件事使我充实
膝盖痛	缺乏弹性、固执、不能弯曲、自大	怜悯、宽恕、容忍，我向前迈进不犹豫
喉炎	对权威的反抗、敢怒不敢言	我能自由自在地表达自己
腿	对未来的恐惧、不敢勇往直前	我充满了信心与快乐，向前迈进

续表

症 状	思想形态的症结	治疗它们应有的正确意识
肝病	沮丧、压抑（肝是贮放愤怒的地方）	我放开心怀，自由地去爱
肺	拿不起放不下	生命的气息源源不断地流淌着
更年期综合征	害怕不再被需要、自我排斥、怕老	生命的循环是平衡的，我以爱祝福我的身体
经期不顺	对身为女性害怕、排斥、以为下阴部是肮脏或罪恶的	我是美丽的女人，我的成熟是正常的过程，我的身体是完美的
偏头痛	情绪的压抑、对性的恐惧	我对一切事物都能宽容谅解，我的人生是顺畅的
口腔病	闭塞的思想	我以开放的心接受新理念
硬化症	铁石般的意志力与心肠、缺乏弹性	我不再控制别人，我随遇而安地过人生
咬指甲	对父母的蔑视、侵蚀自己	我是一个成熟的个体，我有能力创造自己的前途
颈	缺乏弹性、拒绝对问题做多面的探讨、固执	我是有弹性的，我对事物抱持多方面的了解
神经紧张	不能沟通、挣扎、恐惧、焦虑	我在通往永远的路途上，我只需保持和平，无须急促
麻木无感觉	压抑的情感、拒绝同意	我对生活有所反应，我与别人分享我的爱与感觉
肥胖	缺乏安全感、自我排斥或保护自己，想弥补空虚	我爱我自己，我在精神上永远是充实的，我永远在神的保护中
麻痹	恐惧、逃避、震惊、反抗	我对所有的人生经验以喜悦迎接
肺炎	沮丧、对生活厌倦、内心纷扰	生命是神圣的，并充满了欢乐的气息
前列腺炎	绝望、性压力或性罪恶感、自以为老化	生命的活力是不受年龄限制的
风湿症	爱的缺乏、憎恨、长期的哀怨	我对别人、对自己都给予充分的爱
佝偻病	缺乏爱与安全感、情绪低落	我爱宇宙生命的全体，而宇宙也爱我
晕船	对死亡的恐惧	生命是持续不断的，只有形体的变换，没有死亡
肩痛	过重的负荷	每一样我所接受的，都是自由美好的
带状疱形疹	长期的精神紧张	我不恐惧，我安然宁静而和平
皮肤病	缺乏安全感、急躁、希望获得关爱	我是一个独立的个体，我得到关爱与肯定

续表

症 状	思想形态的症结	治疗它们应有的正确意识
胃痛	对新的思想观念无法消化吸收	我的人生是和谐的,我能吸收新思想
中风	对生命的排斥、自我暴力	我接受生活中的一切喜怒哀乐
口吃	缺乏安全感、无法表达自我	我有权利表达自己,我以爱来沟通
牙齿	长久的犹豫,无法做分析与判断	我以真理为决定事物的原则,我对自己的决定有信心
喉咙	压抑的愤怒,强忍下受伤害的情绪	没有人可以伤害我,我心平气和地表达我自己
静脉瘤	反抗、对工作厌恶、缺乏勇气	我爱人生,并让生命的气息自由地循环着
疣、瘤	相信丑恶、愤恨自己	任何东西都是美丽的,我爱我的身体

接纳自己，肯定自己

◇　◇　◇　◇

改变自己能改变的，接纳自己不能改变的

　　我曾在一所大学做关于自我形象、自我认知的讲座，请台下的学生回答：你们有谁曾经为自己的长相自卑？结果齐刷刷地举手——所有的人都自卑！

　　我当时一下子不知该如何反应：没料到当代年轻人在相貌问题上，居然有如此大的压力。

　　后来，我悄悄问一位女生，问她为自己相貌的哪一点自卑，我实在找不着——她身材窈窕、黑发如瀑、明眸皓齿、肤如凝脂，真的是美女。

　　她说，我有一颗牙齿长得不好看。

　　我说，哪颗牙齿？

　　她说，第六颗牙齿。

　　我说，谢谢你告诉我，否则站在对面看你一百年，我也看不见你哪颗牙齿不好。

她说，你不知道，可是我知道。我不敢笑，从来都是抿着嘴只露出两颗牙齿。同学都说我多"冷"、多高傲，其实，我只是怕人看到第六颗牙齿。男生追求我的时候，我就想，我一颗牙齿不好他还追求我，肯定是别有用心，于是放弃了好几个条件很好的男生。

在心理咨询中心，我还接待过一位留英硕士，月薪十二万元，可他将自己说得一无是处，弄得我都心酸。我才知道，一个人接不接纳自己，其实不在于外在的条件，也不在于世俗的评判标准，而完全在于他内心框架的衡量。

我通常咨询完了不会给谁留作业，但那天我说，我给你留个作业：下星期来见我之前，你要写出自己的十五条优点。

他快晕过去了，说，我怎么能找到十五条优点呢？至多也就找出一两条。这个世界上，可能只有您相信我还有优点，我父母就不相信我有优点，所有人都不相信我有优点！

我说，你老板起码相信你有优点吧，否则怎会出月薪十二万元雇你？

他突然在这个事实面前愣了半天，然后说，噢，那我试试看。

当一个人不能接纳自己，不能和自己友好地相处的时候，他就不能和别人友好地相处。因为，他对自己都那么百般挑剔、那样苛刻，又怎能和别人有真诚的、良好的沟通与关系？

其实，我挺欣赏基督教里的说法：接受你不可改变的那一部分。我们可以列一列，像出身的阶层、长相及缺陷，这些是我们不可改变的，而我们能够去修炼、弥补和提高的，就是我们可改变的那一部分。

面对一个我们不可改变的东西，该如何对待它，每个人的答案是不一样的，而这个不一样的答案，却可能深刻地影响我们的一生。比如，一个人认为他丑，就认定自己完全不会幸福了，觉得他既然这么丑，有什么权利得到幸福？一个人说他很贫寒，为什么别人可以含着银汤匙出生，而他却含着草根出生？

面对种种不平等，我常跟年轻人说，不平等是社会有机的一部分，而让它变得更为平等，是你义不容辞的责任之一。

恰到好处的安全感

"接纳"这个词是什么意思呢？普通字典上的解释是——接受采纳。心理学的意思，接纳就是"认可"。

落实到我们每个人身上，这个接受和采纳，加上认可，就不那么简单了。你认可你的身高吗？认可你的长相吗？认可你的头发分布吗？认可你的家庭吗？认可你的出身？你的种族？你的国家？你的皮肤的颜色？你手指的形状？你受教育的程度？你所处的地域？你说话的嗓音？你的身体状况？你有多少钱财？你……

在上面这段话的后面，我打了一个省略号。就是说，凡是有关你这个人的一切状况都可以接着续写下去，包罗万象。而这一切，就构成了一个活生生的天下唯一的"你"。

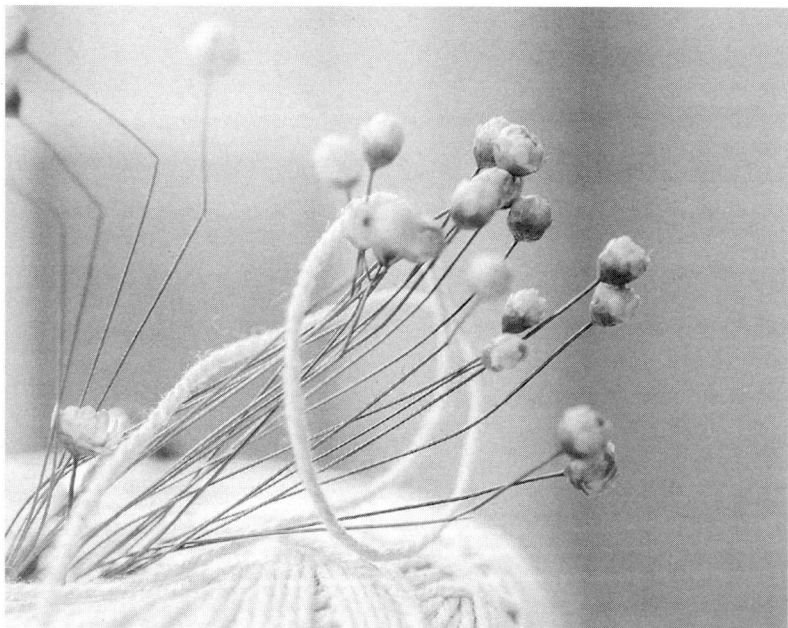

一个人的心理,就像是一棵树。树
是有根的,根是扎在土壤里的。

这就是我们每个人的基本的生命状态。

也许有人觉得这个"认可"多此一举，会咂巴着嘴说，不就是说我们本来是什么样子就认命吗？说一千道一万，谁还不知道自己是怎么回事啊？有什么可说的？有人会觉得这个问题很抽象，认可不认可自己，自己都得生活，这是个画蛇添足的傻问题。其实，大不然。

一个人的心理，就像是一棵树。树是有根的，根是扎在土壤里的。如果没有根，这棵树就活不下去。就算有根的树，如果这棵树的根扎得不够深，那么大风大雨袭来的时候，这棵树也许会轰然倒下。我们心理的根，扎在哪里呢？就扎在"认可自我"这片肥沃土壤中。

如果一个人连自己的基本状态都不全面认可，他的心理根基就很不稳定。如果是对自己全面否定，那简直就是把自己置于死地了，就是无根之木。很显然，一个人没有了支点，是没有法子坦然地面对这个世界的。

关于每个人的基本状态，可以分为两大部分，一部分是永远无法改变的，还有一部分是暂时无法改变的。

咱们先来说说那些永远无法改变的东西。

我们的父母，我们就没有法子改变。你不可能换掉自己的父母，也不可能改变自己的种族。在不做变性手术的前提下，你也不能改变自己的性别。在不做美容手术的情况下，你不能改变自己的相貌。还有，你在兄弟姐妹中的排行，你不能改变。你的出生地，你不能改变。你的籍贯，你不能改变。你的民族，如果不是弄虚作假的话，也不能改变。每个人，都有一些东西是自己无法改变的。任你如何十八般武艺，你也不可能改变这些东西。

也许有人说，关于相貌，是有办法改变的。我可以整容啊。我的相
貌好了，我就会更有自信心，就不那么自卑了。这种说法，其实经不起推敲。
人的自信，主要是来自内心的坚定和顽强。就算你靠着高科技和大量金钱，
把自己整出个倾国倾城之貌，还有一个强大无比的因素，是你所不能对
抗的——这就是时间。新陈代谢，是宇宙间最伟大最普遍的规律之一，
只要生命存在，新陈代谢就是现在进行时。

说到美貌，我们都记得享誉全球的影星奥黛丽·赫本，在《罗马假日》
中，她是纯真和高贵的公主，人们感动于她天真无邪的笑容，说"我们
没有看到上帝，但是我们遇见了天使"。有一次，我无意间看到了奥黛丽·赫
本晚年的一张照片，昔日的美貌已经远去，她只能说是一个慈爱善良的
老太太。我相信以她的经济实力，是买得起昂贵的化妆品的，可所有外
在的东西，都没有法子对抗时间。即使这般有着如此夺人心魄的美貌女子，
在时间之水的无情冲刷下，也会渐渐逝去耀眼的光芒，回归平凡。对于
普通人来说，如果把自信心建筑在美貌之上，是不客观也是很不扎实的。
只有内心的坚定，才能把岁月留下的伤痕，化作成长的书签。微笑，虽
饱经沧桑，仍动人心扉；美丽，虽历经磨难，仍毫发无损；慈祥，虽万
般摧残，仍春风拂面。

对于自我，"接受还是否定"，犹如哈姆雷特那句经典的台词"生
存还是毁灭"。你要全盘接受你不能改变的那一部分，那不是耻辱，是
你之所以成为你的特别之处。

有没有可能，一个人不喜欢自己，却喜欢别人呢？有人说，当然可
以啦！比如说，我是一个各方面条件都不大好的男生，可我喜欢一个非

常美丽和优秀的女生，这难道不行吗？

现实中这种情形屡屡发生。不过我们在前面说过，心理学不仅仅是研究你是如何想的，还要研究你是如何行动的。假设一个连自己都不喜欢自己的男生，向那个优秀的女生求爱，结果会怎么样？极大的可能就是会被拒绝。拒绝之后，这个男生怎么办呢？继续无望地追求，直到人家报警？或者寄希望于那个女生突然被感动，答应了一个自己不喜欢的人的求爱？

心理学研究的是普遍现象，不是那种极端罕见的特例。一个人天天追求极小概率的事情，这基本上也属于不正常了。况且，如果那个女生真的很优秀，就算一时动了恻隐之心，和这个自卑的男生结了婚，婚后两个人难免矛盾不断。和一个心理不正常的人相处，是很辛苦的事情。可能这个女生在外面和异性朋友多说了几句话，回家晚了一些，这个男生就会疑神疑鬼。因为他觉得自己和这个女生是不般配的，自己是没有魅力的，很害怕自己的妻子再爱上别人。这样一个没有安全感的人，不仅自己活得不开心，也让周围的人紧张兮兮。如果是旧时代，嫁鸡随鸡嫁狗随狗，这种婚姻也许可以维持，但是现在时代不同了，两个人如果没有默契，一个不和谐的婚姻，很容易导致离婚。

那么，这个被抛弃的男生，到底是幸福还是不幸福呢？苏格拉底说过：没有经过审视的生活是不值得过的。那么，一个不自信的男子，即使娶到了一个各方面条件都很好的姑娘，如果在今后的岁月里，不能与时俱进的话，也很可能就造成更大的人生悲剧。有时候，一个错漏一句谎话，就让人走完了一生。

珍视自己，相信我能

◇　◇　◇　◇

量力而行是生命的解脱

有一年我到亚洲一所很有名的理工科大学参观，因为是境外的学校，他们很重视学生毕业后的薪酬情况，用专门的图表公布出来，那潜在的招徕词就是：快来报考我们学校吧，你看看我们的毕业生到了工作岗位，薪水是多么可观啊！主人看我停下了脚步，就介绍说，这些新的职业收入都是很不错的。我问道，既然是新的职业，一个学生怎么知道自己适应不适应做这个工作呢？校方人员很耐心地对我解释，我们会专门编写有关的资料，介绍这些职业，让学生们心里有数，看看是不是适合自己的兴趣爱好和潜在能力。说着，给我递来了几本资料。

我随手打开一看，在几乎所有职业需求的基本能力一项中，都赫然列着：语文能力优秀。

这我就有点不明白了，这是一所赫赫有名的理工科大学，为什么对学生的语文能力有这么高的要求呢?

校方人员说:"是这样的,正因为现在社会的节奏愈来愈快,交流沟通就变得格外重要。又因为这些职业都是新兴的,一般人对它的了解比较少,就更要求从业人员有把本行业的专业知识,举重若轻深入浅出地告知给他人的能力。比如你在一家大公司任职员,你要让你的老板接受你的建议,没有良好的表达才能行吗?你设计了一个方案,要让你的同事们接纳,没有杰出的沟通能力行吗?特别是面对反对你的人,你要让他们明白你的真实想法,要穿越重重障碍,要让你的观点鲜明,立论坚实,说理充分,还要有文采有章法,没有笔头口头的扎实功力,是无法达到目的的。"

这是一个旁观的例子,醍醐灌顶。

还有我自己,从小就因为手笨被妈妈批评。比如我没法把土豆切得像头发丝一样细,非要手起刀落地往细里切,结果就是把手指切破,鲜血涌出。我纫针时总是要穿好几次,以致外婆活着的时候说,这孩子是不是眼珠有毛病啊?小小年纪就看不见针眼。其实,我能把针眼看清楚,可就是纫不上针。气死人!

我在外科当医生的时候,学会一项手术,要比别人慢。在手术台上,一着急,就伸出左手去取手术器械,闹得护士长连连用止血钳狠敲我的手心,说年纪轻轻怎么养成这种坏毛病!我也很苦恼,不知道自己是哪里乱了套。后来经过勤学苦练,我总算可以熟练地给病人开肠破肚做手术了。

一次,外科主任让我做他的助手,手术圆满完成后,他说:"看了你的手术，我打算把你培养成一个优秀的野战外科女医生。你知道，在治病救人这个王国里，外科是现代医学的王冠，而野战外科就是王冠上的那颗宝石。成为一名身手利索的野战外科医生，是多少人的梦想！我看你个子高大体质好（那时候我身高一米七，体重62公斤，基本上算身强力壮），要知道外科医生对体力的要求十分严酷，还要头脑聪明手指灵活，你过关了。告诉我，你愿不愿意成为医学王冠上的红宝石？"

面对着外科主任的目光，我知道这是莫大的信任。可是我在第一时间就摇头否定了他的苦心栽培。那些貌似熟练的操作，是我无数次暗中苦练的结果，他看到的"手指灵活"是一个假象，真实的情况是我的手很笨，这实在是我的短板。如果我一时虚荣答应了，在瞬息万变的手术台上，危急时刻我很可能又用左手抓器械，病人就倒霉了。外科主任非常失望，但时至今日，我依然认为当年的拒绝，无论对自己还是对病人，都是一种幸运与解脱。我不具备这种能力，或者说这项能力比较薄弱，就不能勉为其难。

天生我材，所用何处

每个人都不是万能的。找到你的长处，是人生的一门大考，是张漫长的考试卷子，是多选题，一定要你亲笔完成。困难的是，还没有老师和同学可以帮助你，全要靠你自力更生。如果你说这太难了，算了，我也不费这个脑筋，做到哪儿就算哪儿吧。容我说句不客气的话——那你可就惨了，就好比盲人骑瞎马，夜半临深池。就算瞎猫碰死耗子，成功了，也懵懵懂懂，你没有法子发扬光大继往开来，到头来很可能丧失大好局面，落得个满盘皆输。看看我们周围，有太多的人浑浑噩噩，出发的时候没有完整的构想，中途遇到岔路口，被各种因素所裹挟诱惑，任意乱拐。猝不及防地到了终点，被动地倒下了。

说句不好听的话，这样的人生，就是一出彻头彻尾的悲剧，简直就近似于没有活过。李白当年豪迈地发过一句誓言，叫作：天生我材必有用。

这句话，可以说是又对又不对。对的是：的确，每个人都是"材"。不对的是：最终有没有用，却没有什么"必然"在人生路口殷勤地等着我们，只有靠自己，才能创造出一片天地来。

人要珍视自己的能力，这是你与生俱来的唯一宝藏。

一说到能力，大家马上想到智商。智商高，就一好百好；智商不高，就一无是处。其实，经过心理学家的研究，人的能力是多方面的。

心理学和其他科学有一个显著的不同之处——它建立在假说的体系之上。如果我们谈到化学物理学还有医学物理学等等，都可以找到非常精确的实验数据，并且可以重复。可惜，心理学不是这样的实证科学。比如，我们至今还不能在解剖学上找到人的"潜意识"或是"自尊"到底是由大脑的哪些部位和细胞所管辖，但是我们几乎可以肯定，它们是真实存在的。也许将来的某一天我们能够找到"自尊"的解剖学证据，也许我们永远也找不到。因为它是一个庞大的系统，是无数大脑细胞共同工作的结果。

经过心理学家的研究，人的能力不仅仅是我们惯常知道的记忆能力、

人要珍视自己的能力，这是你与生
俱来的唯一宝藏。

理解能力。我们每个人都有丰富的潜能，如同汹涌的地下河，在我们所不知道的岩洞里流淌。根据美国人类机能研究室的报告，人具有 15 种不同的自然天赋。大致分为以下这些方面。

1. 归纳思考的能力

具备这种能力的人善于从一大堆碎片似的事实中得出具有逻辑性的结论。这种能力，对于律师、研究学者、医生、作家或是评论员来说，都是非常重要的。

2. 分析思考能力

这部分能力强的人，能够很快地把概念和想法组织连续起来，也能把整体进行适当的分类，适宜当科学家、编辑以及程序设计师，当然他们最重要的岗位，就是当领导和组织者。

3. 对于数字的灵敏

这不是考察我们的数学能力，而是考察你是否具有技巧性地操作数字的能力。其实这项能力对于行政和机械工作都非常有用。比如当秘书的人，就要对数字有很强的记忆能力，他们不是数学家，但是要对数字很敏感，在需要的时候，就可以脱口而出。还有打字员，也许他们不能更详尽地思考理解那些字句的含义，但他们可以打得非常快，手指翻飞如同蝴蝶一般。

4. 精密地使用小型工具的能力

5. 观察力

报纸上常常有比较两张图片哪些地方不一样的小测验，估计就是测试这种能力的家常版。你可以把自己和周围的人比较一下，就会发现单是这样一个简单的小图，有的人完成得又快又好，命中率非常高，有的人总是完不成，差异很大。

6. 设计图记忆能力

这项能力表明一个人记忆各种设计图纸的能力，这种能力对于那些需要设计图纸画蓝图做素描的人来说，十分重要，简直就是不可或缺。有的人看了半天地图，当时好像记住该怎样走了，事到临头就又忘了，估计此项能力稍逊一筹。

7. 音乐方面的能力

这是一大类才华积聚之处。说的是对音调和声音的记忆能力。这是一项和音乐敏感度有关的潜能。

8. 数字记忆能力

这是一项决定谁能够在脑中储藏更多类事物的能力。

俗话说，一心不能二用。但是在生活和电视剧中，常可以看到有的人能够同时接听好几个电话，条理清晰过耳不忘。现实中也有一些超人，就能几条线并行，各项工作穿插进行，真是令人钦佩。

9. 数字思考的能力

这个潜能的测验，是考察你辨认几组数字之间相互关系的能力。如果你这项能力出类拔萃的话，对于承担电脑程序设计和保险公司精算师之类的工作，将有独到的优势。

10. 语文能力

11. 远见测验能力

它是指人的心思胜任保持在长远目标上的能力。最需要这种能力的工作有：社会科学家、外交官、政治家、市场分析研究、营销人员等等。依我看，这种能力的核心意思就是把咱们传统的"事后诸葛亮"变成事先的远见卓识。统筹的能力，预报的能力，也属于这个范畴。

12. 颜色感知的能力

就是关于分辨颜色能力的测试。有些行业很明显需要对颜色有高度的敏感，比如服装设计师、画家、艺术家、舞台美工人员等等。

13. 图表能力

这个能力让人一下子不容易得出要领，其实说白了，就是高速度分辨和处理文书的能力。据说这一条可不能小看，是和一个学生在校时能否有好成绩密切相关的。

14. 创意思维能力

表示一个人的创造性和表达形式的能力。这项能力发达的人对于广告、教学、公共关系和记者这些领域的工作，能够如鱼得水般地适应。

15. 结构视觉化能力

这项能力就是把固体视觉化及运用三维空间思考的能力。这一类能力发达的人，不大善于进行抽象的思考，但对具体事务有很高的敏感性。在建筑师、工程师和技师等行业中，这可是非常宝贵的能力。

谁的自我有话说

1.给你的身体写一封信。可以是整个身体，也可以是某个器官。

2.写出你的15大优点，略作分析。

一个智慧的人，应当这样：以清净心看世界，以欢喜心过生活，以平常心生情味，以柔软心除挂碍。

辑三 　　欢喜

PART 3

毕淑敏说:

学会与自我相处,世间一切
关系都在滋养我们的生命。

六十多年前，美国作家海明威说过：

谁都不是一座孤岛，自成一体。任何人的死亡都使我有所缺损，因为我与人类难解难分。所以，千万不要去打听丧钟为谁而鸣，丧钟为你而鸣。

人一定要有一种联结感，这就是我们的命运。

人无往而不在三种关系之中。

第一重关系，是人和自然的关系。人类是自然之子。没有自然，就没有了人所依附的一切。大自然的伟力，在城市里的人，不大容易体会得到。你到空旷的山野和广袤的沙漠中，你置身于晴朗的夜空之下，你在雪山顶端和海洋中央之时，比较容易找到人类应该待着的位置。

第二重关系，是人和自我的关系。你离不开你自己。只要你活一天，你就和自己密不可分。就算是你的肉身寂灭了，你依然和自己的精神痕迹紧紧地贴附在一起，无法分离。

第三重关系，就是人和他人的关系。纵观世界上无数的悲欢离合、潮起潮落，无非就是在这重关系上的跌宕起伏。人是被称为"人群"的，人不是单独的个体，而是人以群分。

这三重关系，无论哪一重发生了断裂，都是噩耗。我们是相互联系的，没有哪一部分的震荡，其他部分可以幸免。

在这里，我的重点是人与自我的关系。

一个只有面对真正的自我，才能获得真正的自由。

而心灵成熟的过程，正是持续不断的自我发现、自我探寻的过程，除非我们先了解自己，否则我们很难去了解别人。

一个智慧的人，应当这样：以清净心看世界，以欢喜心过生活，以平常心生情味，以柔软心除挂碍。

表达自我，战胜恐惧

◇　◇　◇　◇

收放自如的语速和人生

有一天，一个小伙子找到我。他交了一个女朋友，感情很好；但女孩子不喜欢他说话太快。一听他口若悬河滔滔不绝地说个没完，女孩就说自己快变成大头娃娃了。还说如果他不改掉这毛病，就不能把他引荐给自己的妈妈，因为老人家最烦的就是说话爱吐唾沫星子的人。

"你说我怎么才能改掉说话太快的毛病？"他殷切地看着我。

我说："你为什么要讲话那么快呢？"

他说："如果慢了，我怕人家没有耐心听完我的话。您知道，现在的社会节奏那么快，你讲慢了，人家就跑了。"

我说："如果按照你的这个观点发挥下去，社会节奏越来越快，你岂不是就得说绕口令了？你的准丈母娘就不是这样的人啊，她就喜欢说话速度慢一点并且注意礼仪的人啊。"

他说："好吧，就算您说的这两种人都可以并存，但我还是觉得说话快一些，比较占便宜，可以在单位时间内传达更多的信息。"

我说："你的关键就是期待别人能准确地接受你的信息。你以为快速发射信息才是唯一的途径。你对自己的观点并不自信。"

他说："正是这样。我生怕别人不听我的，我就快快地说，多多地说。"

当他这样说完之后，连自己也笑起来。我说，"其实别人能否接受我们的观点，语速并不是最重要的。而且，你能告诉我，你为什么这样在意别人是否能接受你的观点？"

这个说话很快的男孩突然语塞起来，忸怩着说："我把理想告诉你，你可不要笑话我。"

我连连保证绝不泄密。他说："我的理想是当一个政治家。所有的政治家都很雄辩，您说对吧？"

我说："这咱们就接触到了问题的实质。要当一个政治家，第一要自信。他们的雄辩不是来自速度，而是来自信念。一个自信的人，不论说话快还是慢，他们对自我信念的坚守流露出来，会感染他人。我知道你有如此远大的理想，这很好。你要做的事，不是把话越说越快，而是积攒自己的力量，让自己的信念更加坚定。"

那一天的谈话到此为止。后来，这个男孩告诉我，他讲话的速度慢了下来，也被批准见到了自己的准丈母娘，听说很受欢迎。

这边刚刚解决了一个说话快的问题，紧接着又来了一位女硕士，说自己的心理问题是讲话太慢，周围的人都认为她有很深的城府，不敢和她交朋友，以为在她那些缓慢吐出的话语背后，隐藏着怎样的阴谋。

"我试了很多方法，却无法让自己说话快起来，烦死了。"她慢吞吞地对我这样说，语速的确有一种压抑人的迟缓，好像在话的背后还隐藏着另一句话。

我看她急迫的神情，知道她非常焦虑。

我说："你讲每一句话是否都要经过慎重的考虑？"

她说："是啊。如果不考虑，讲错了话，谁负得了这个责？"

我说："你为什么特别怕讲错话？"

女硕士说："因为我输不起。我家庭背景不好，家里有人犯了罪，周围的人都看不起我们；家里很穷，从小靠亲戚的施舍我才能坚持学业。我生怕一句话说岔了，人家不高兴，就不给我学费了。所以，连问一句'你吃了吗？'这种中国最普通的话，我也要三思而后行。我怕人家说，你连自己的饭都吃不饱，也配来问别人吃饭问题。"

"我明白了。你觉得自己的每一句话都可能引致他人的误解，给自己造成不良影响。"

女硕士连连说："对对，就是这样的。"

我笑了，说："你这一句话说得并不慢啊。"

她说："那是我相信你不会误会我。"

我说："这就对了。你说话速度慢，不是一个技术性的问题，是你不能相信别人。你是否准备一辈子都不相信任何人？如果是这样，我断定你的讲话速度是不会改变的。如果你从此相信他人，讲话的速度自然会比较适宜，既不会太慢，也不会太快，而是能收放自如。"

真正的淡泊清净，是明白自己的需
求，心甘情愿地退隐山林，自得其乐。
这是一种主动的人生选择，也是对自己
生命的合理安排。

完美主义是人生的大敌

很多人对于自己的声音，有一种莫名其妙的恐惧。有的人，甚至一时言语不和，就拔出拳头以武力说话，却不愿付诸言语，沟通交流。我觉得这可能和人类早期的群居经验有关。那时候，人类可以借助的工具十分有限，凭借的就是集体的力量同舟共济，才能抵抗严酷的自然和众多的猛兽。团体一旦做出了决定，你就要服从。否则，你就会被踢出团队，等待你的就是孤独和死亡。人们习惯于掩盖自己的真实想法，如果发出和别人不一样的声音，是要付出血的代价的。只有那些超级自信的人，有着强大力量的人，才敢随时随地发出声音，那是酋长的特权。

现在，时代不同了，你发表了不同意见，也不会被排斥和淘汰，不会被架在火刑柱上烧死。可人们从远古时代遗留下来的习惯，却不会那么轻而易举地改变。知道了"缄默"的来龙去脉，也许有利于我们战胜自我恐惧。

出头的椽子先烂，木秀于林风必摧之。除了害怕挑战，表达自我，还有些人害怕成功。胜利带给他们的不是快乐，而是一种大难当头的感觉。他们怕大家的目光像聚光灯一样打在自己身上，自己的缺点也在这种凝视中被放大……在这种思维的主导之下，当机会来临之时，他们不是尽量地展示自己的才华，反倒是谨小慎微，畏葸不前，将自己掩埋在芸芸众生的阴影中，随波逐流，虚度年华。

也许有人会说，我觉得这样也很好啊，淡泊度日，无欲无求，内心清静。我认为这不是一回事。真正的淡泊清静，是明白自己的需求，心甘情愿地退隐山林，自得其乐。这是一种主动的人生选择，也是对自己生命的合理安排。那种被压抑的才华因为得不到施展的机会，奔突跌宕，带来的是内心的压迫和躁动。人们知道积劳成疾，却不一定意识到未能得到施展的才华，始终被压抑的结果，也会让人郁郁寡欢，潦倒凄凉。

在这里，我还特别想说说"完美主义"倾向。

完美主义者表面上看起来，做事认真投入，很有成效。老板喜欢雇用这种员工，不断表扬他们"敬业"。而这种表扬，犹如无声的皮鞭，迫使他们更加兢兢业业，如履薄冰般向前。完美主义的本质是一种欲望，是建立在认为事事都有一个无懈可击的答案之上的。世上本无十全十美的东西，"完美主义"的出发点就注定了它是沙上建塔。完美主义者工作时有一股永不罢休的劲头，后来仍会不可抑制地发生衰减。因为在实际工作过程中，不完美是常态，疏漏之处此起彼伏，无论怎样竭尽全力，瑕疵总是存在。完美主义者最后由于精力所限，根本顾及不了那么多，只得在沮丧和失败中认输。强大的压力会导致种种神经症候群，很多人因此患上了抑郁症。

有一位白领对我说，他就是一个完美主义者，经常会在半夜毫无缘由地惊醒，吓出一身黏稠的冷汗。他会梦到自己负责的一项工作不能按时完成，梦到同事在背后攻击他，梦到自己被老板裁员……完美主义是人生的大敌。

流露你的真表情

◇　◇　◇　◇

尊重自我的坏情绪

在咨询室米黄色的沙发上，安坐着一位美丽的女性。她上身穿着宝蓝色的真丝绣花V领上衣，衣襟上一枚鹅黄水晶的水仙花状胸针熠熠发亮；下着一条乳白色的宽松长裤，有一种古典的恬静花香弥散出来。服饰反射着心灵的波光，常常从来访者的衣着就能窥到他内心的律动。但对这位女性，我着实有些摸不着头脑。她似乎很能控制自己的情绪，安宁而胸有成竹，但眼神中有些很激烈的精神碎屑在闪烁。她为何而来？

我心理挺正常的，说真的，我周围的人有了思想问题都找我呢！大伙儿都说我是半个心理医生。我看过很多心理学的书，对自己也有了解。

她说到这儿，很专注地看着我，我点点头，表示相信她所说的一切。是的，我知道有很多这样的年轻人，他们渴望了解自己也愿意帮助别人。但心理医生要经过严格的系统的训练，并非只是看书就可以达到水准的。

　　我知道我基本上算是一个正常人，在某些人的眼中，我简直就是成功者。有一份薪水很高的工作，有一个爱我、我也爱他的老公，还有房子和车，基本上也算是快活。可是，我不满足。我有一个问题——怎样才能做到外柔内刚？

　　我说，我看出你很苦恼，期望着改变。能把你的情况说得更详尽一些吗？有时，具体就是深入，细节就是症结。

　　宝蓝绸衣的女子说，我读过很多时尚杂志，知道怎样颔首微笑怎样举手投足。你看我这举止打扮，是不是很淑女？我说，是啊。

　　宝蓝绸衣的女子说，可是这只是我的假象。在我的内心，涌动着激烈的怒火。我看到办公室内的尔虞我诈，先是极力地隐忍。我想，我要用自己的善良和大度感染大家，用自己的微笑消弭裂痕。刚开始我收到了一定的成效，大家都说我是办公室的一缕春风。可惜时间长了，春风先是变成了秋风，后来干脆成了西北风。我再也保持不了淑女的风范。开业务会，我会因为不同意见而勃然大怒，对我看不惯的人和事猛烈攻击，有的时候还会把矛头直接指向我的顶头上司，甚至直接顶撞老板。出外办事也是一样，人家都以为我是一个弱女子，但没想到我一开口，就像上了膛的机关枪，横扫一气。如果我始终是这样也就罢了，干脆永远做怒目金刚也不失为一种风格。但是，每次发过脾气之后，我都会飞快地进入后悔的阶段，我仿佛被鬼魂附体，在那个特定的时辰就不是我了，而是另一个披着我的淑女之皮的人。我不喜欢她，可她又确确实实是我的一部分。

　　看得出这番叙述让她堕入了苦恼的渊薮，眼圈都红了。我递给她一张面巾纸，她把柔柔的纸平铺在脸上，并不像常人那般上下一通揩擦，而是很细致地在眼圈和面颊上按了按，怕毁了自己精致的妆容。

待她恢复平静后，我说，那么你理想中的外柔内刚是怎样的呢？

宝蓝绸衣的女子一下子活泼起来，说我给你讲个故事吧。那时我在国外，看到一家饭店冤枉了一位印度女子，明明道理在她这边，可饭店就是诬她偷拿了某个贵重的台灯，要罚她的款。大庭广众之下，众目睽睽的，非常尴尬。要是我，哼，必得据理力争，大吵大闹，逼他们拿出证据，否则绝不甘休。那位女子身着艳丽的纱丽，长发披肩，不温不火，在整整两个小时的征伐中，脸上始终挂着温婉的笑容，但是在原则问题上却是丝毫不让。面对咄咄逼人的饭店侍卫的围攻，她不急不恼，连语音的分贝都没有丝毫的提高，她不曾从自己的立场上退让一分，也没有一个小动作丧失了风范，头发丝的每一次拂动都合乎礼仪。那种表面上水波不兴骨子里铮铮作响的风度，真是太有魅力啦！宝蓝绸衣女子的眼神充满了神往。

我说，我明白你的意思了，你很想具备这种收放自如的本领。该硬的时候坚如磐石。该软的时候绵若无骨。

她说，正是。我想了很多办法，真可谓机关算尽，可我还是做不到。最多只能做到外表看起来好像很镇静，其实内心躁动不安。

这位女子的苦恼我也曾深深地体验过。在阐述自己观点的时候，在和别人争辩的时候，当被领导误解的时候，当自己一番好意却被当成驴肝肺的时候，往往火冒三丈，顾不得平日克制出的彬彬有礼了，也记不得保持风范了，一下子义愤填膺，嗓门也大了，脸也红了。

那时我以为，悲喜都挂在脸上是幼稚，缺乏社会经验的表现。当我们一天天成长起来，学会了察言观色，学会了人前只说三分话，未可全抛一片心。用风行社会的礼仪礼貌，把自己包裹起来。却不得不发现，天天压抑着真实情感，自己变成了一个面具。

其实，情绪是一点一滴积累起来的。隐藏自己真实的感受，并不是一项值得夸赞的本领。如果我们爱自己，承认自己是有价值的，我们就有勇气接纳自己的真实情感，而不是笼统地把它们隐藏起来。一个小孩子是不懂得掩饰自己的内心的，所以有个褒义词叫做"赤子之心"。当人渐渐长大，在社会化的过程中，学会了把一部分情感埋在心中。在成长的同时，也不幸失去了和内心的接触。时间长了，有的人以为凡是表达情感就是软弱，必须把情感隐藏起来，这实在是人的一个悲剧。

我们的情感，很多时候是由我们的价值观和本能综合形成的。压抑情感就是压抑了我们心底的呼声。中国古代就知道，治水不能"堵"，只能疏导。对情绪也是一样，单纯的遮蔽只能让情绪在暗处像野火的灰烬一样，无声地蔓延，在一个意想不到的地方猛地蹿出凶猛的火苗。

所以，我们应该尊重自己的情绪，不再单纯地否认自己的怒气，不再认为发怒是一件不体面的事情，也不再竭力用其他的事件分散自己的注意力。我会问自己，我为什么而生气？找到原因之后，我会认真地对待自己的情绪，找到疏导和释放的最好方法，再不让它们有长大的机会。

流露你的真表情

学医的时候，老师问过一道题目：人和动物，在解剖上的最大区别是什么？

当学生的，争先恐后地发言，都想由自己说出那个正确的答案。这看起来并不是个很难的问题。

有人说，是站立行走。先生说，不对。大猩猩也是可以站立的。

有人说，是懂得用火。先生不悦道，我问的是生理上的区别，并不是进化上的异同。

有同学答，是劳动创造了人。先生说，你在社会学上也许可以得满分，但请听清我的问题。

满室寂然。

先生见我们混沌不悟，自答道，记住，是表情啊。地球上没有任何一种生物，有人类这样丰富的表情肌。比如笑吧，一只再聪明的狗，也是不会笑的。人类的近亲猴子，勉强算作会笑，但只能做出龇牙咧嘴一种状态。只有人类，才可以调动面部的所有肌群，调整出不同规格的笑容，比如微笑，比如嘲笑，比如冷笑，比如狂笑，以表达自身复杂的情感。

我在惊讶中记住了先生的话，以为是至理名言。

近些年来，我开始怀疑先生教了我一条谬误。

表情肌不再表达人类的感情了。我们呼吁微笑，引进微笑，培育微笑，微笑就泛滥起来。银屏上著名和不著名的男女主持人无时无刻不在

痛则大悲，喜则大笑，只要是从心
底流出的对世界的真情感，都是生命之
壁的摩崖石刻，经得起岁月风雨的推敲，
值得我们久久珍爱。

微笑，以至于使人不得不疑惑——我们的生活中真有那么多值得微笑的事情吗？

微笑变得越来越商业化了。他对你微笑，并不表明他的善意，微笑只是金钱的等价物。他对你微笑，并不表明他的诚恳，微笑只是恶战的前奏。他对你微笑，并不说明他想帮助你，微笑只是一种谋略。他对你微笑，并不证明他对你的友谊，微笑只是麻痹你警惕的一重帐幕……

这样的事，见得太多之后，竟对微笑的本质怀疑起来。

经过亿万年的进化，我们的身体本身就成了一本书。

人的眉毛为什么要如此飞扬，轻松地直抵鬓角？那是因为此刻为鏖战的间隙，我们不必紧皱眉头思考，精神豁然舒展。

人的提上睑肌为什么要如此松弛，使眼裂缩小，眼神迷离，目光不再聚焦？那是因为面对朋友，可以放松警惕敞开心扉，懈怠自己紧张的神经，不必目光炯炯。

人的口角为什么上挑，不再抿成森然的一线？那是因为随时准备开启双唇，倾吐热情的话语，饮下甘甜的琼浆。

因为快乐和友情，从猿到人，演变出了美妙动人的微笑，这是人类无与伦比的财富。笑容像一只模型，把我们脸上的肌肉像羊群一般驯化了，让它们按照微笑的规则排列着，随时以备我们心情的调遣。

假若不是服从心情的安排，只是表情肌机械的动作，那无异噩梦中腿肚子的抽筋，除了遗留久久的酸痛，与快乐是毫无关联的。

记得小时候读过大文豪雨果的《笑面人》。一个苦孩子被施了刑法，脸被固定成狂笑的模样。他痛苦不堪，因为他的任何表情，都只能使脸上狂笑的表情更为惨烈。

无时无刻不在笑——这是一种刑法。它使笑——这种人类最美丽最优秀的表情，蜕化为一种酷刑。

现代自然是没有这种刑法了。但如果不表达自己的心愿，只是一味地微笑着，微笑像画皮一样黏附在我们的脸庞上，像破旧的门帘沉重地垂挂着，完全失掉了真诚善良的原始含义，那岂不是人类进化的大退步，大哀痛！

人类的表情肌，除了表达笑容，还用以表达愤怒、悲哀、思索、惆怅以至绝望。它就像天空中的七色彩虹，相辅相成。所有的表情都是完整的人生所必需的，是生命的元素。

我们既然具备了流泪本能，哀伤的时候，就听凭那些满含盐分的浊水淌出体外。血管贲张，目眦尽裂，不论是为红颜还是为功名，未必不是人生的大境界。额头没有一丝皱纹的美人，只怕血管里流动的都是冰。表情是心情的档案啊，如果永远只是一页空白的笑容，谁还愿把最重要的记录留在上面？

当然，我绝不是主张人人横眉冷对。经过漫长的隧道，我们终于笑起来了，这是一个大进步。但笑也是分阶段，也是有层次的。空洞而浅薄的笑，如同盲目的恨和无缘无故的悲哀一样，都是情感的赝品。

有一句话叫做"笑比哭好"，我常常怀疑它的确切。笑和哭都是人类的正常情绪反应，谁能说黛玉临终时的笑比哭好呢？

痛则大悲，喜则大笑，只要是从心底流出的对世界的真情感，都是生命之壁的摩崖石刻，经得起岁月风雨的推敲，值得我们久久珍爱。

增强心理弹性，告别生存压力

◇　◇　◇　◇

其实，你可以犯错

看一则资料，说是由于《新闻联播》的特殊性和重要性，于是对主播的要求非常严格。在《新闻联播》中，主播的错误被分成了"ABCD"四个等级，如果发生了A级错误，相应的处罚被称为"就地死亡"，当天播完了新闻，第二天就得下岗。有人把"海峡西岸"念成了"海峡两岸"，整个节目组开了整整一天的会……

特别是每次结束之前的最后15秒，十分关键。为了保证按时结束，要用语速控制时间。拿到一条稿子，需要直接照着念。要准确地读完9行，每行9个字，才能收尾，以保证后面广告的效益。

我不知道这些说法是否属实。如果是真的，一方面惊叹央视的制度刚烈，另一方面也为播音员所承受的压力而叹息。从此，每每看到《新闻联播》快要结束的当口，就不由得心悸。

我很想对今日的播音员们说，其实，你可以犯错。偶尔的差错可以谅解，你不必太在意。人不是机器，总有疲劳和分神的时候，纵是百倍千倍地集中精力，好马也有失蹄的瞬间。如果总是高度绷紧神经，无法安宁，长久下来，情何以堪！况且，就是机器，也有错乱的时候，比如街头的取款机。

说到好马，想起了九方皋。人们都知道伯乐是千里马的救星，其实九方皋的相马之术，按照伯乐的自白，那是远在他之上的。伯乐向秦穆公推荐了九方皋，九方皋领命而去，风尘仆仆地出差三个月，回来禀报秦穆公，说是在一个名叫沙丘的地方找到了千里马，为一匹黄色母马。秦穆公赶紧派手下人去找，不料牵回来的却是一匹黑色的公马。秦穆公大惊失色，对伯乐说，你举荐的这个人啊，连马的雌雄和毛色都分不清，哪里还能找到千里马？伯乐说，他果真到了这个地步了吗？那这个九方皋实在是超过我千万倍了。他已完全不在意马的外表，而获悉了寻找千里马最重要的天机……

九方皋找到的那匹黑公马，果真是一匹千里马。

偶尔一个字的口误，当下发觉了，纠正过来，对全局说起来，相当于一根马毛。况且今日的观众，水平或许能在秦穆公之上，并不会因此发生误解。

有一年看到新闻，说是某部电视剧的拍摄中，为了追求真实和烟火效果，在拍摄战争场面的时候发生意外，导致剧组人员丧生；前几天又看到某同志所写的文章，说是某剧中的一个碗，捧在旧时代的小姐手上，却被他看出了那是一个塑料碗……

好玩，好笑。笑过之后，又想，真的需要在剧中以假乱真惟妙惟肖吗？看到影视片中的滚滚硝烟和喷吐的火焰，疑惑。何必如此大动干戈呢？焚烧会造成空气污染，还会加大排放二氧化碳，对周围的环境是一场灾难。还有那鏖战中裸露出来的肠子和削去半截的头颅，不忍看，随之走神。凡血浆迸裂，就想到引爆的不过是一个充斥红颜料的水袋。滚动的脑壳，就琢磨它是树脂还是泡沫雕成的呢……电视剧不是假的吗？不是编出来的吗？既然这个大前提谁都心知肚明，又何必去追求每一缕毛发的真实，以致损失大量的钱物甚至付出血的代价？！

一句话的失误，一个道具的穿帮，估计不会比一匹马的性别和毛色更重要。只要它真的是千里马，应该注重的则是它奔跑的英姿和速度。

你可以犯错。我也可以犯错。对于这类毛发般的错误，原谅了吧。

人生需要"莱卡"精神

懂得欢喜的人生，需要一点"莱卡"精神。

莱卡是什么？它是美国杜邦公司研制出的一种新型纤维，人称"友好纤维"。为什么一种化学纤维，被冠以如此亲切的名称呢？因为莱卡具有极佳的弹性，它的伸展度可达500%。也就是说，莱卡可以非常轻松地被拉伸，直到它原本长度的5倍，松开后又能马上恢复原样，紧贴在人体表面，对人体的束缚力很小。它可以配合任何面料使用，包括羊毛、麻、丝及棉，面料贴身舒适，活动时又很灵活。而且，它绝不会发霉。

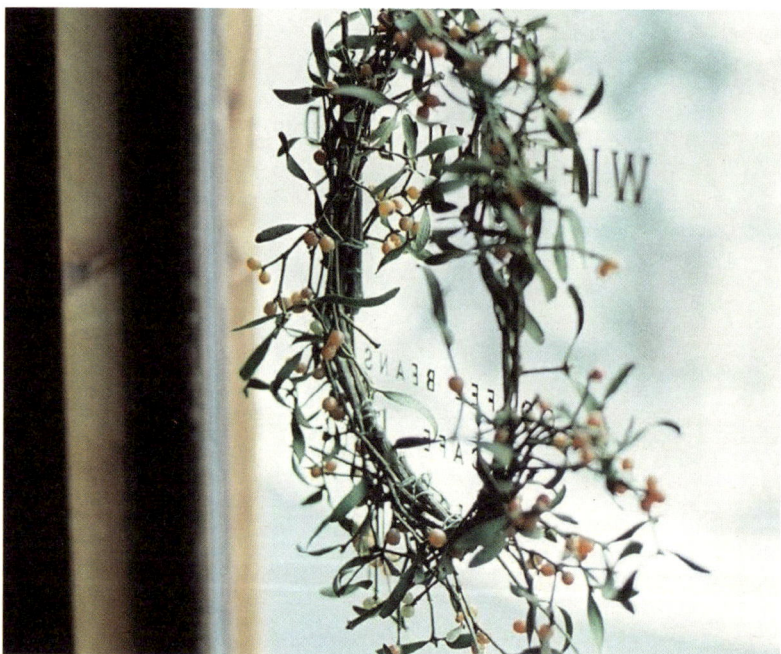

给自己的心，加一点"莱卡"
的弹性。让我们在历经岁月坎坷之
后，依然豁达和淡然，轻轻拍打幸
福的门环。

中国有个说法：峣峣者易缺，皎皎者易污。意思是：过于坚硬刚强，则容易折断；过于干净洁白则容易受到污染，变得肮脏。怎样能既坚硬刚强又有韧性而不轻易折断？怎样能既保持内心的洁白，又不被污染？那就是要在思想中加入"莱卡"的纤维，要有良好的弹性。

房子完全不需要那么大，够用即可。太大了，就算你有那个银两买下来，也是暴殄天物。地球资源有限，你为什么要享用那么多的地盘，剥夺了他人的空间？

食品完全不必那么精益求精，因为它的主要功能是为我们的机体提供营养，只要洁净并能够供给身体的需求即可。太稀缺惊险的食材，太复杂劳烦的烹制方法，太考究并故弄玄虚的进食环境，都是不可取的。它们所附着的是炫耀高阶层的沾沾自喜，而这些，恰好和幸福朴素温暖的宗旨不相容。

配偶不必求国色天香出人头地，价值观相同，彼此说得来话，相互喜欢，就是神仙伴侣。

职务这件事儿，和你能力有一定的关联，但也和局面与关系牵连，并不是单纯凭着努力就一定达到目的，高下也没有绝对的公平。刨去坏人，这世界上的能人很多，自己做不到那个位置，让别人来做，未必就一定不妥。僧多粥少的事情，为何非要收入你囊中？

车子主要是代步工具，不必把它看成是硕大的勋章或是族徽，彰显财力不可一世。那不是幸福的氛围，而是自卑的秽气沿街抛洒。

至于活多久，这可是含有天机的秘密。你不可胜天，不要太狂狷。况且生死并不是胜败与否的决斗，只是无尽长河中的一环。泰然相向，生命之高下并不决定绵长或短暂，更在于丰美和深邃。

　　身体健康也不必求全，就算体检表上有了向上或是向下的小箭头，我们也可以适时纠正。实在纠正不了，从容逝去就是。幸福是思想的花朵，和身体器官是否无懈可击，并不相关。

　　给自己的心，加一点"莱卡"的弹性。让我们在历经岁月坎坷之后，依然豁达和淡然，轻轻拍打幸福的门环。

只生欢喜不生愁

1.列出你的人生角色，分析它带给你的快乐和压力。

2.观察自己愤怒时，如何度过。下次尝试不良情绪"预警"。

辑四　　愿景

PART 4

毕淑敏说：

时时坚守内心的愿景，愿所有等待不会被辜负。

一个人躺在地上，如果他不想起来，那么十个人也拉不起他来，即使起来了，他也马上会趴下，这是千真万确的。只要你不想起来，没有人能把你拉起来。

　　你可曾体会到种子的疼痛？那种挣开包锁自己的硬壳，顶出板结的土壤的苦难，对一个柔弱的芽来说，可以说是顶天立地的壮举。一个人觉醒时的力量，应该大于一粒种子啊！

　　所有的动力都来自内心的沸腾。有些人把梦想变成现实，有些人把现实变成了梦想。关键是，你内心期许的愿景是什么，你又为你的愿景做了什么。

　　信心是打开应许之门的钥匙，但它的使用权在你。你若不走近门，不行动起来，门不会自动为你开启。所以，好好琢磨怎样把愿景和梦想变成行动吧。

　　只是平凡如我们者，总是会用"眼见"和"感觉"代替信心。快乐和幸福只是我们生活的一个局部，摆在我们面前的，有障碍、有挫败、有试炼……如果你只是依靠感觉，而不是内在的信心，很容易会跌倒、动摇甚至迷失。

　　信念和愿景有如磐石，现实中的种种有如潮水。潮水会有涨落，磐石却永远存在。不要让潮水的涨落迷惑了我们对磐石存在的信心。

　　不要听凭感觉和眼见摆弄自己，不要被迷惑、失望、怀疑所俘获。更高的生活不是蹲伏在眼见之上，也不会留恋低浅的水洼。

　　张开行动的风帆，永远像一只船一样，不管雨天还是晴天，依然一直向前，直到到达理想的彼岸。

只要有目标，就不会孤独和绝望

◇　◇　◇　◇

你为什么而活着

那是一所很有名望的大学，约过我好几次了，说学生们期待和我进行讨论。我一直推辞，我从骨子里不喜欢演说。每逢答应一桩这样的公差，就要莫名地紧张好几天。但学校方面很执着，在第 N 次邀请的时候说：该校的学生思想之活跃甚至超过了北大，会对演讲者提出极为尖锐的问题，常常让人下不了台，有时演讲者简直是灰溜溜地离开学校。

听他们这样一讲，我的好奇心就被激起来了，我说，我愿意接受挑战。于是，我们就商定了一个日子。

那天，大学的礼堂挤得满满的，当我穿过密密的人群走向讲台的时候，心里涌起怪异的感觉，好像是"文革"期间的批斗会场，我不知道今天将有怎样的场面出现。果然，从我一开始讲话，就不断地有条子递上来，不一会儿，就在手边积成了厚厚一堆，好像深秋时节被清洁工扫起的落叶。

我一边讲话，一边充满了猜测，不知树叶中潜伏着怎样的思想炸弹。讲演告一段落，进入回答问题阶段，我迫不及待地打开了堆积如山的纸条，一张张阅读。那一瞬，台下变得死寂，偌大的礼堂仿若空无一人。

我看完了纸条，说，有一些表扬我的话，我就不念了。除此之外，纸条上提得最多的问题是——"人生有什么意义？请你务必说真话，因为我们已经听过太多言不由衷的假话了。"

我念完这个纸条以后，台下响起了掌声。我说你们今天提出这个问题很好，我会讲真话。我在西藏阿里的雪山之上，面对着浩瀚的苍穹和壁立的冰川，如同一个茹毛饮血的原始人，反复地思索过这个问题。我相信，一个人在他年轻的时候，是会无数次地叩问自己——我的一生，到底要追索怎样的意义？

我想了无数个晚上和白天，终于得到了一个答案。今天，在这里，我将非常负责地对大家说，我思索的结果是：人生是没有任何意义的！

我这句话说完，全场出现了短暂的寂静，如同旷野。但是，紧接着，就响起了暴风雨般的掌声。

那是我在讲演中获得的最激烈的掌声。在以前，我从来不相信有什么"暴风雨"般的掌声这种话，觉得那只是一个拙劣的比喻。但这一次，我相信了。我赶快用手做了一个"暂停"的手势，但掌声还是绵延了若干时间。

我说，大家先不要忙着给我鼓掌，我的话还没有说完。我说人生是没有意义的，这不错，但是——我们每一个人要为自己确立一个意义！

那一天结束讲演之后，我听到有同学说，他觉得最大的收获是听到有一个活生生的中年人亲口说，人生是没有意义的，你要为之确立一个意义。

　　关于人生意义的讨论，充斥在我们的周围。很多说法，由于熟悉和重复，已让我们从熟视无睹滑到了厌烦。可是，这不是问题的真谛。真谛是，别人强加给你的意义，无论它多么正确，如果它不曾进入你的心理结构，它就永远是身外之物。

　　我平日碰到很多青年朋友，诉说他们的种种苦难。我在耐心地听完那些折磨他们的烦心事之后，把他们渴求帮助的目光撇在一旁，我会问，你的人生目标是什么呢？

　　他们通常会很吃惊，好像怀疑我是否听懂了他们的愁苦，甚至恼怒我为什么对具体的问题视而不见，而盘问他们如此不着边际的空话。更有甚者，以为我根本就没有心思听他们说话，自己胡乱找了个话题来搪塞。

　　他们会很懊恼地说，这个问题太大了，和我现在遇到的事没有一点关联。我会说，你错了。世上的万物万事都有关联。有人常常以为心理上的事只和单一的外界刺激有关，就事论事。其实心理和人生的大目标有着纲举目张的紧密接触。很多心理问题，实际上都是人生的大目标出现了混乱和偏移。

那一天结束讲演之后，我听到
有同学说，他觉得最大的收获是听
到有一个活生生的中年人亲口说，
人生是没有意义的，你要为之确立
一个意义。

人要有一点使命感

走向幸福的康庄大道，最重要的，是要有目标感。

目标感和具体的目标是不同的。目标感是有方向和崇高意义的精神追索。

不然的话，当你局部取得了胜利，你的目标——有什么样的房子什么样的车子什么样的职务，一旦达到的时候，你反倒会空虚，会无所依傍地索然。我相信每个人都有过这种"拔剑四顾心茫然"的疑惑。

目标感必定是某种崇高的东西，是在一己生命之外，对整个族群和更大范围内的他人有所帮助的期冀。为什么这么说呢？我猜想，如果一个人的目标只是为了自我，那么，在危机重重的人类进化史之中，这个品种必定要灭绝。"人群"是什么意思呢？人是群居的动物，人必须要成群才能生活。如果一个人非常自私，凡事只顾自己，完全不顾及他人，那么一旦有灾难降临的时候，别人都不会帮助他，他也就非常可能夭折。久而久之，以自私为目标感的人，必将受到整个人类文化的唾弃，也就无法传递和得到共识的承认。

在说完了目标感之后，咱们再说说目标。一字之差，有所不同。目标感是高远天际的朝阳，目标就是近处的那座山峰。

目标感和目标一定是要统一的。草蛇灰线，伏脉千里。

人是要有一点使命感的，是要有一点崇高感的。一个人可以不信教，但必须要信一点东西，要信一己利益之上的高远的东西。要相信有这样的存在，它会超越自我生命的长度，独立高悬。信这个和不信这个，结果是不一样的。如果一点都没有，埋在世俗的庸常尘灰中，每天都是卿卿我我柴米油盐，那就会觉得过一辈子和过一天没有多少区别，那就让人萎缩和了无生气。

心理学家弗兰克说过："人类需要的不是一个没有挑战的世界，而是一个值得他去奋斗的目标。我们需要的，不是免除麻烦，而是发挥我们真正的潜能。"

如果你的潜能一直得不到发挥，那它就会像一头蠢蠢欲动的野兽，在你的身体里东跑西撞，让你牢骚满腹、愤世嫉俗、不得安宁。环顾我们周围，有很多这样的人，总是怨天尤人郁郁不得志的样子，其根源就在于自己的潜能没有得到适当发挥，既无法为社会和他人造福，也让自己时时生活在阴郁寡淡的压抑状态。所以，我们要学会把自己的天分潜能最大化发挥。天分潜能是我们快乐的触媒。而快乐的持久就是幸福的地基。天分最大化带来了幸福最大化、贡献最大化。

总之，只有一生中不断地从目标和开发自我潜能两方面入手，找到持久而稳定的意义感，你才能充实而快乐，也就能拥有真正的幸福。

恰切评估自我，正确期望未来

◇　◇　◇　◇

理想和现实的距离

咱们来做个小小的游戏。

一说要做游戏，可能有的朋友会说，现在我正一个人看这本书呢，深更半夜的，你让我到哪里找人来做游戏呢？

别着急，这个游戏，不是像老鹰捉小鸡或是丢手绢那样的游戏，要有很多人一齐上阵，一个人没法玩。咱们的游戏就是一个人玩的，要是有一大群人也能玩，就会更有意思。一个人呢，也有一个人的乐趣。

你可能要说，既然是玩游戏，就得有个场地吧？我现在正躺在枕头上看这本书呢。或者有人干脆说我此刻在厕所里呢，如何玩呢？

这个游戏在哪里都可以玩。不需要很大的场地，你只要有把椅子坐在上面就可以了。要是你不愿意坐着，站着也行，而且，可能玩的成绩更好，兴致更高呢。

　　说到这里，你大概忍不住问，这个游戏到底怎么玩呢？

　　就像做菜要写出需要备哪些主料辅料一样，我们这个游戏也要有主料和辅料。现在，你听好了，主料嘛，就是你的双手和力气。辅料嘛，就是一个带秒针的手表或是闹钟。还有一张白纸和一支笔。

　　只要你备好了这两样东西，咱们就能开始做游戏了。

　　你可能有些失望，就这么简单啊？

　　对，就这么简单。

　　咱们先来进行游戏的第一个步骤。你估计一下，如果你用自己最大的气力，以最高的频率鼓掌，你能在一分钟之内鼓多少次掌呢？

　　你一定会预计一个数字出来。然后把这个数字，用圆珠笔写在白纸上。

　　好了，现在，我们进行下一个步骤。就是眼睛盯着钟表的秒针，然后——开始鼓掌！鼓掌并不像我们想象的那样轻松，你鼓到半分钟的时候，会感到手指发酸。要坚持，千万不要松劲啊，继续努力！

　　好！你终于坚持到了一分钟。现在，你又得到了一个数字，一个真实的数字。然后，你把这个数字写在那张白纸上。此刻，白纸上有了两个数字。一个是你估计的数字，一个是你真正完成了这个游戏的数字。

　　游戏到了这个当口，基本上就算玩完了。更准确地说，就是肢体部分已经结束，后面就是脑力部分了。

　　我和成千上万的人玩过这个游戏。大约有98%的人，估计出来的鼓掌数字，都比自己实际完成的数字要少。其中有些人，少得还不是一星半点，简直相差太悬殊。也就是说，估计的数字，只有真实数字的几分之一。

大约有 1% 的人，估计出的数字和自己实际操作的数字，刚好相等。

大约还有 1% 的人，估计出的数字比自己实际操作的数字，要多一点。

这个游戏说明了什么呢？

再没有什么东西，比我们的双手更令我们收放自如了。再没有什么动作，比双手击掌更让我们熟悉了。可是，就是这样司空见惯的动作，就是这双随心所欲的手，却和我们的想象有如此大的差距！

一个人对自己的期望，对世界的判断，一定要适当。这不仅仅是预测的能力，更是对自我综合实力的恰切评估。

开心理诊所的时候，时常有男性来咨询婚姻关系，其中一个很重要的话题就是——女人的记性怎么就那么好呢？

我说，记性好，还不好吗？智商测定里很大一部分，就是测人的记忆力啊。

愁容满面的男子说，恋爱时的话怎么能当真呢？比如我是说过，我永远是你的避风港，可她也要成为我的避风港才行，不能变成台风！我是说过有一副肩膀可供她依傍，可她不能变成包袱，变成垃圾桶，整天挂在我身上，偶尔也得让我依偎一下。

一个"人"字，一撇一捺是相互支撑的。如果只是单一方面的支撑，那是"入"字。如果只是单方面的付出，时间长了，就会入不敷出，朝不保夕。没有人喜欢只出不入，那样心理也会破产的。

理想和现实的差距在哪里？在漫长的实践路上。学做葡萄，努力发酵，变成长寿的红酒，从此浓郁地香醇。只有自己先醉，然后才可以醉人。

学做葡萄，努力发酵，变成长
寿的红酒，从此浓郁地香醇。只有
自己先醉，然后才可以醉人。

世间不美丽的女子居多

清晨起来写作，如同一个农妇，到菜园里拔草捉虫。农民告诉过我，拔草和捉虫都要选太阳还没有升起的时候，那时的草梗潮湿而韧，容易带出草根。虫子身上沾有露水，活动不便，很好捉到。

黎明伏案，夜晚的安眠如雨刷般清洗了电脑屏幕上的划痕。然而今天电脑键盘上趴着一封信。我知道家人会把一些他们认为重要的资讯，放在这个要害所在，意思是请我在写作之前必须阅读。

一封读者来信。通常，我是不会在清晨这个写作的黄金时期看信的。因为每一封信里，都居住着一个陌生而沧桑的灵魂。倾听它的声音，需要足够的时间和安稳的心绪。家人知道我的这个习惯，依然这样摆放，想来是有理由的。正巧先生走过来，我说，你为什么要我一定看这封信呢？

先生说，这信封背面有一行字，打动了我。上面写着："也许这封信到不了毕老师手中，那就请看到这封信的人，善待它。"我打开了这封信。我常常收到很多读者来信，寻求帮助的，倾泻痛苦的，寄托期望的，指点我写作的……都在意料之中。但这一封信，有点特别。她谈了读《女心理师》的心得，然后说，听说《女心理师》要拍电视剧了，她想让我按照她心目中的贺顿，来寻觅演员。

"贺顿个子挺秀，面庞清朗，眸子深处有倔强的光。但一眼看去，有点猜不透。似乎是那种温和的邻家女孩的模样，内心却很有主见。她的灵魂曾饱受创伤，依然自强不息。她出身社会底层，但好学上进，有强烈的求知欲和自尊心。她爱穿蓝色和白色的衣服，有一个最喜欢的饰物，是一枚廉价但是造型奇特的鸟……"

我写作的动力算是彻底湮灭了。我又一次深刻地觉察到：人物一旦走出作者的视野，就有了独立的生命。行走于江湖，任人褒贬。

我无法告诉这个读者——她心目中的贺顿，和我想象的是不一样的。起码我觉得贺顿并不像邻家女孩那样亲切近人吧？但我知道，我的看法不一定对，就像一个母亲并不知道她的儿女们长大之后会是什么模样。

若干年前，当我开始写作《女心理师》的时候，心理师还是一个冷寂的名词，很多人不能把精神疾病和心理疾病区分开来，觉得去看心理医生是丢人和不体面的事情，要偷偷摸摸背着人。现在，局面已经有了很大改观，人们越来越认识到，我们的心也像我们的身体一样，是可以并且经常生病的，这不是罪恶。如果不会倾听心理的呼唤，听任心理疾病蔓延，直到它完全毁坏了我们的生活，甚至戕夺了我们的生命，这才是最悲惨的。

小说里的主人公，到底长什么样子，停留在文字里，是可以任凭读者自由想象的。现在是影像年代，如果拍成了电影电视剧，的确有一个"模样"的问题。

我心中的贺顿，是不美丽的。小说中的女主人公，通常都是美丽的，贺顿要算是一个例外了。我知道这个世界上，不美丽的女子居多，我觉得贺顿本是她们中的一员。贺顿出身卑微，身世寒苦。她一路坎坷，遭受重重磨难。好在她把这些都变成了自己思想和意志的财富，变成了有朝一日帮助别人的动力和资本。我不知道这个世界上真正有多少个贺顿这样的人，但我相信她一定曾经存在过。这个世界还是有阳光的，明天还是有希望的。

　　我的心终于又宁静下来，可以进入今天的写作了。这里有新的人物和历史，有更惊险和曲折的故事，也有并不美丽的女主人公。不过，她和贺顿有一点是相同的，那就是有一种奋斗和牺牲的精神，愿以自己的微薄之力让人间变得美好。

　　这个世界需要一种力量，让我们永不停歇。

走出舒适区，在变化中成长

◇　◇　◇　◇

变化意味着生机

改变自己，其实挺难的。有一个小小的测验，你不妨一试。有人一听要来测验，以为可能很烦琐，我向你保证，它极为简单，简单到你在 5 秒钟之内就能完成，然后你就可以体会到改变自己的困难。

你别不信，咱们这就开始。

请两手相握。也许你会问我，是用哪只手握住哪只手啊？

我回答你——随便。

现在，你的两只手握在了一起。请用力握一握，感受一下那种力度和温度。好了，当你把这个动作完成之后，请听我的安排。现在，松开你的手，然后再把两只手握起来。

你可能要说，这有什么不同呢？

哦，忘了提醒你，这一次的两手相握，请把刚才在上面的那只手，调到下面，而下面的那只手，换到上面来。也就是说，如果你刚才是左手握着右手，现在就用右手握着左手。或者，反之。

请细细体会。这感觉可有什么不同？

我相信，你一定感到了轻微的不适，你可能会觉得好像那不是你的手，有一种别扭，甚至是……陌生。

这就是改变带给我们的不适应。

当你面临改变的不安时，请交叉着握握自己的手。这种不安是正常的，只要我们不被它吓倒。你甚至应该感到一种由衷的高兴，因为这种不安的存在，向你证实了改变正在进行中。

当冬天改变为春天的时候，冰雪会消隐。当春天改变成夏天的时候，百花会凋谢。当夏天改变成秋天的时候，绿叶会凋零。当秋天改变成冬天的时候，果实会被掩埋，北风会呼啸而起……但是，我们会因为这些变化，而拒绝大自然的轮回吗？生命也同理，变化就意味着生生不息。

我们在变化中成长

舒适区是指活动及行为符合人们的常规模式，能最大限度减少压力和风险的行为空间。它让人处于心理安全的状态。明显你会从中受益：寻常的幸福感，低焦虑，被缓解的压力。

舒适区的提法可以追溯到一个经典的心理学试验。早在 1908 年，心理学家罗伯特·M. 耶基斯和约翰 .D. 道森解释过，一个相对舒适的状态

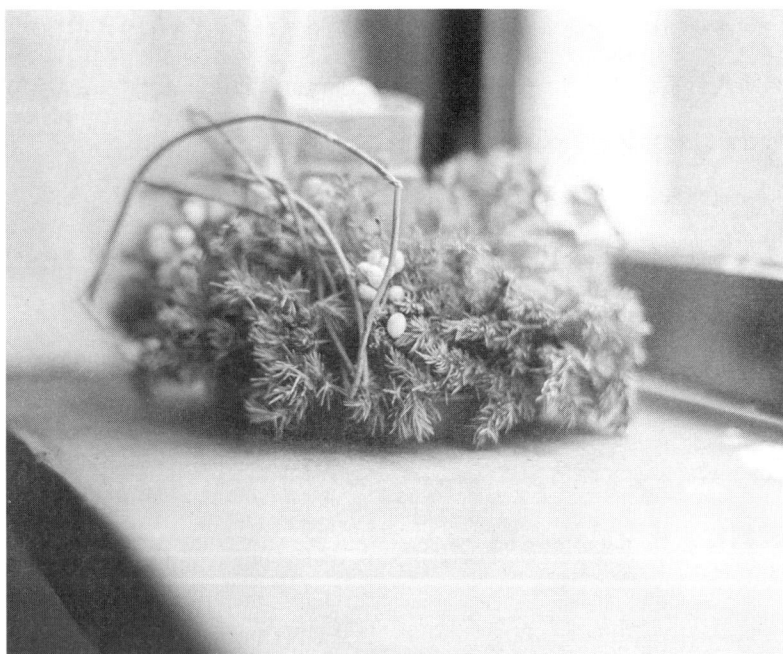

我们会因为这些变化，而拒绝
大自然的轮回吗？生命也同理，变
化就意味着生生不息。

可使行为处于稳定水平，从而得到最佳表现，但是我们需要有相对焦虑的状态，即一个压力略高于普通水平的空间。这个空间被称为"最优焦虑区"，它正好在舒适区之外。太多的焦虑和过分强调生产力导致的太大压力，会让人的行为表现迅速变差。这就要求我们克服焦虑，把握适度变化。

有些方法可以帮你突破舒适区，又不至于做过头：

每天做点不同的事情。换条路去上班。试吃新的餐馆。尝试新的操作系统。重新调整你的现实生活状态。无论改变大或小，每天做一点改变。从改变中寻找新的视角。如果事情没像你计划的那样发展，不要不安。

花时间做决定。有的时候速度放缓是唯一让你感到不舒服的——特别是当你的工作和个人生活中注重速度和快速思维时。慢慢来，观察事情的进展，花时间解释你所看到的，然后再介入。有时候，只是捍卫一个有道理的决定便可使你跨出舒适区。思考，不要光反应一下就完事。

一点一点来。走出舒适区需要很大的勇气。慢慢开始和坚定地去做，收获是一样的，所以不要害怕，慢慢开始。如果你有社交焦虑，不要以为你必须马上鼓起勇气在某天向人群提问，只要向他们问好就行了，辨别出恐惧点，然后一步一步地面对。

变化是一个过程，其间充满危险。小时逮过知了的若虫，就是民间俗称的"马猴"，黑褐板结的外壳，锋利的脚爪，佝偻着，苍老丑陋。傍晚，我把它扣在盆子里，清晨打开，看到一只晶莹剔透的蝉，绉纱般的羽翼正由鹅绿飘向咖啡色，一旁抛着它僵硬的袈裟。我很想看到蝉从壳中钻出的一刹那，第二日，克制着困倦，以一个少年最大的忍耐，在半夜三点的时候，猛地打开了陶盆。蝉正艰难地蜕变着，挣扎着，背脊开裂，折叠的翅膀如同尚未发好的豆芽，湿淋淋蜷曲着。我动了恻隐之心，用手撕开蝉的外壳，帮助它快些娩出……之后我心满意足地睡觉去了。早上当我以为能看到一名不知疲倦的流行歌手时，迎接我的是枯萎的尸体。

　　变化是一个过程。哪怕它曾是我们久久的渴望，都携带着深深的哀伤。因为我们旧有的熟悉的一部分，在变化中无可挽回地丢失了，遗下点点血迹，如同我们亲手截断了自己的一臂。我们只有用留下的那只温热的手，执着渐渐冷却的手，为它送行。一个稚嫩的我们不熟悉的新肩膀，正艰难地植入我们的躯体。伤口在出血，磨合很苦涩，但生机勃勃的变化就在这寂静和摩擦中不可扼制地绽放了。

　　我们在变化中成长。如果你拒绝了变化，你就拒绝了新的美丽和新的机遇。变化使我们成熟，但它首先使我们痛苦。人生中最重要的变化，一定伴随着大的焦灼和忧虑，甚至可以说，如果没有蚀骨销魂的痛，变化就不够清醒和完整。

　　痛苦是变化装扮的鬼脸——一个无所不在的先锋。

把握命运，生活从现在开始

◇ ◇ ◇ ◇

再选你的父母

有个农村来的孩子，父母都是贫苦的乡民。在重选父母的游戏中，他令自己的母亲变成了玛丽莲·梦露，让自己的父亲变成了乾隆。我想这是一个非常典型的例子，我首先要感谢这位朋友的坦率和信任。因为这样的答案太容易引起歧义和嘲笑了，虽然它可能是很多人的向往。

我问他，玛丽莲·梦露这个女性，在你的字典中代表了什么？他回答说，她是我见过的最美丽和最现代的女人。我说，那么，你是不是觉得自己亲生母亲丑陋和不够现代？他沉默了很久说，正是这样。中国有句俗话叫做"儿不嫌母丑，狗不嫌家贫"，我嫌弃我的母亲丑，这真是大不敬的恶行。平常我从来不敢跟人表露，但她实在是太丑的女人，让我从小到大蒙受了很多耻辱。我在心里是讨厌她的。从我开始知道美丑的概念，我就不容她和我一道上街，就是距离很远，一前一后的也不行，因为我会感到人们的目光像线一样把我和她联系起来。后来我到城里读高中，她到学校看我，被我呵斥走了。同学问起来，我就说，她是一个丐婆，我曾经给过她钱，她看我好心，以为我好欺负，居然跟到这里来了……我说这些话的时候，觉得自己也很有道理，因为母亲丑，并把她的丑遗传给了我，让我承受世人的白眼，我想她是对不住我的。至于我的父亲，他是乡间的小人物，会一点小手艺，能得到人们的一点小尊敬。我原来是以他为豪的，后来到了城里，上了大学，才知道山外有山、天外有天，才知道父亲是多么草芥。同学们的父亲，不是经常在本地电视要闻中露面的政要，就是腰缠万贯、挥金如土的巨富，最次的也是个国企的老总，就算厂子穷得叮当响，照样有公车来接子女上下学。我的位于社会底层的位置是我的父母强加给我的，这太不公平。深层的怒火潜伏在我心底，使我在自卑的同时非常敏感，性格懦弱，但在某些时候又像地雷似的一碰就炸……算了，不说我了，我本来认命了，因为父母是不能选择的，所以也从来没有动过这方面的脑筋。既然你今天让做换父母的游戏，让我可以大胆设想、不拘一格，我一下子就想到了梦露和乾隆。

我说，先问你一个问题，如果父亲不是乾隆，换成布什或布莱尔，要不就是拉登，你以为如何？

他笑起来说，拉登就免了吧，虽然名气大，但是个恐怖分子，再说翻山越岭胡子老长的也太辛苦。布什或布莱尔？当然可以，我说，你希望有一个总统或是皇上当父亲，这背后反映出来的复杂思绪，我想你能察觉。

他静了许久，说，我明白那永远伴随着我的怒气从何而来了。我仰慕地位和权势，我希图在众人视线的聚焦点上。我看重身份，热爱钱财，我希望背靠大树好乘凉……当这些无法满足的时候，我就怨天尤人，心态偏激，觉得从自己一落地就被打入了另册。因此我埋怨父母，可是中国"孝"字当先，我又无法直抒胸臆，情绪翻搅，就让我永远不得轻松。工作中、生活中遇到的任何挫折，都会在第一时间让我想起先天的差异，觉得自己无论怎样奋斗也无济于事……

我说，谢谢你的这番真诚告白。只是事情还有另一面的解释，我不知你想过没有？

他说，我很想一听。

我说，这就是，你那样平凡贫困的父母在艰难中养育了你，你长得并不好看，可他们没有像你嫌弃他们那样嫌弃你，而是给了你力所能及的爱和帮助。他们自己处于社会的底层，却竭尽全力供养你读书，让你进了城，有了更开阔的眼界和更丰富的知识。他们明知你不以他们为荣，可他们从不计较你的冷淡，一如既往地以你为荣。他们以自己孱弱的肩膀托起了你的前程，我相信这不是希求你的回报，只是一种无私无悔的爱。

你把梦露和乾隆的组合当成你的父母的最佳结合，恕我直言，这种跨越国籍和历史的组合，攫取了威权和美貌的叠加，在这后面你是否舍弃了自己努力的空间？

梦露是出自上帝之手的珍稀品种，乾隆也是天分和无数拼杀才造就的英才。在你的这种搭配中，我看到的是一厢情愿的无望，还有不切实际的奢求。

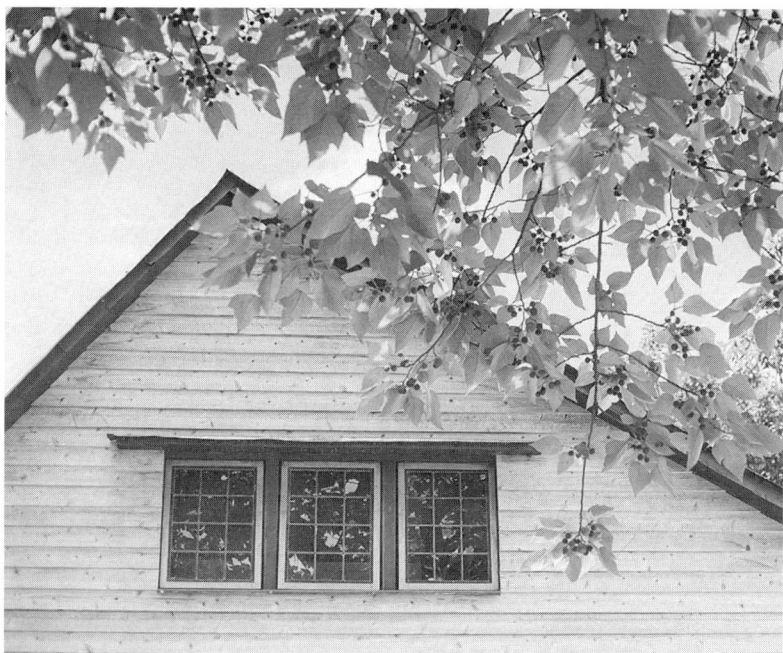

一个人就像是一粒种子，天生
就有发芽的欲望。

命运到底是个什么东西呢？"命运"在字典上的解释是——"指生死，贫富和一切遭遇。"那么，也可以说，命运就是你的生命运行的轨迹。一个人的命运到底是掌握在自己手里，还是掌握在别人手里？关于这个轨迹，你到底有没有影响它的能量呢？

这个世界上，经过努力却依然一事无成的状况，有没有呢？我不敢说一个没有，但我相信努力和不努力是不一样的，完全一样的情况是少之又少的。即使在结果上是一样的，在过程中你的感受也不一样。不努力，束手就擒，你收获的是悲哀和绝望，还有坐以待毙的恐惧。努力了，你就享受了这个过程中的希望，你就曾经看到过朦胧的光明，你就对命运做出了挑战。所以，即使结果相同，你的感受是不同的。中国有句俗话，叫做"人活一口气"，我觉得一个活人和一个死人的不同之处，就是前者有自己的主观能动性。

所以，命运是我们最好的托词。而生命，是我们唯一拥有的资本。我坚信人类有从困境中反弹重生的韧性，生活通过挫败得到丰富，就算被挫败锯成了粉末，你也能在风中快乐地飞舞。

改变命运，请先改变心的轨迹

人生的重大决定，是由心规划的，像一道预先计算好的框架，等待着你的星座运行。

美国心理学家马斯洛有一段名言："如果你有意地避重就轻，去做比你尽力所能做到的更小的事情，那么我警告你，在你今后的日子里，你将是很不幸的。因为你总是要逃避那些和你的能力相联系的各种机会和可能性。"每逢读到，我总是心怀战栗的感动。

一个人就像是一粒种子，天生就有发芽的欲望。只要是一颗健康的种子，哪怕是在地下埋藏千年，哪怕是到太空遨游过一圈，哪怕被冰雪封盖，哪怕经过了鸟禽消化液的浸泡，哪怕被风剑霜刀连续宰杀，只要那宝贵的胚芽还在，一到时机成熟，它就会在阳光下探出头来，绽开勃勃的生机。

现代心理学有很多精彩的论证，这些论证不能像实证的物理化学，拿出若干铁一般的证据，心理学的很多假说，建立在对人的行为的推断和研究之上，被千千万万的人所证实。

马斯洛先生所创建的人的基本需要的"金字塔"理论，就是这样一个伟大的学说。他研究了很多人的行为和动机，特别是那些自我实现程度很高的人，之后得出了一个结论。简言之，就是在我们人类的精神内核中，存在着一个内在需要的金字塔，分成了五个台阶。

在第一个台阶上，是我们的温饱需要——最基本的生存之道。饥肠辘辘，你今晚吃什么饭？这是人的第一考虑。寒冬腊月的，你今夜睡在哪里？是火车站的长凳还是马路上的水泥管？这都是头等大事。

当这个需要满足之后，紧接着就是安全的需要了。你有了吃有了住，你今天的生命是有了保障了，可是如果你被其他的人或是动物或是自然界的恶劣条件所侵犯，你远期的生命就陷在水深火热之中了。因此，一旦温饱不成问题之后，人马上就考虑安全系数。这一点，如果你不相信，尽可以放眼看去。马上能看到富人区森严的保安和世上风行的形形色色的自卫器械。当你从一个熟识的环境换到一个新环境，那不安和紧张，与陌生人交谈时的畏葸和不自在……都从另一个方面证实了安全对人的重要性。

现在我们已经到了金字塔的第三阶梯。在这个阶梯上大大地写着"爱"。这不仅是男女之爱、亲子之爱、手足之爱……这些源于血缘和繁衍的爱意，还有同伴之爱、集体之爱、祖国之爱、民族之爱、文化之爱……总之，这里所提到的"爱"，有着宽泛的含义，但它是那样不可或缺，是人类精神活动的高级需要。我们常常说，一个不懂得爱的人，是灰暗和孤独的。就是说人的精神需要如果不能完成这种超越和提升，就是饱含瑕疵的半成品。

爱之高处，就是尊严感了。人是一种特殊的动物，人是有尊严感的。一条虫子可以没有尊严，一株树木可以没有尊严，但是一个人，不是这样。如果丧失了尊严感，那就不是一个完整的人了。中国的古话里有"不吃嗟来之食"，有"士可杀不可辱"，有"君子一言，驷马难追"等等，讲的都是尊严的问题。

在金字塔的最高点，屹立着自我价值的体现和追求。什么是自我价值的最高体现——那就是充满了创造性的劳动。我以为劳动是有高下之分的，不是指在价值层面上，而是指在带给人的由衷喜悦程度上。你可以想象并同意一个科学家，在得不到任何报酬的情形下，不倦地研究某一个与现实相隔十万八千里的学术问题，比如"哥德巴赫猜想"，为自己换不到一块窝头，但毫无疑问陈景润乐在其中。你基本上不能同意一位老农在得知三年没人收购麦子的情况下，除了自己够吃之外还会不辞劳苦地广撒麦种。在前者，创造性的劳动里面蕴含着强大的挑战和快乐，在后者，则充斥着重复性劳动的艰辛和疲惫。

人类精神需要的金字塔，在某种意义上讲，是一种铁律，几乎是不可逃避。

当然，我们不能想象一个人在自己的温饱都得不到保障的时候，能够像斯蒂芬·霍金那样去研究宇宙大爆炸这样的问题。这也就是鲁迅先生所说的：年轻人，一是要生存，二是要发展。有一个顺序，有孰先孰后的问题。在解决了温饱和安全这些最基本的生存需要之后，你必定要不满足，你必定要有新的追求。人类精神发育的法则你是绕不过去的。你吃得饱了，你睡得暖了，你有大房子了，你安居乐业了，你很有安全的保障了。可是，我敢说，你在心底最深邃的地方，你有火焰一样的躁动，你如果无法满足它，你就没有恒久的快乐。

让我们回到本文开端所引用的马斯洛的那段话。你以为你逃避了风险，你以为你躲避了责任，你以为你成功地掩饰了自己的才华，你以为你心甘情愿地收敛包裹自己，你就可以在人们的艳羡之中，安安稳稳地过此一生了吗？我相信你可以用奢华的装备和风流倜傥的举止，成功地欺骗几乎所有的人，包括和你至亲至爱之人，但是，每每月朗星稀之时，你永远欺骗不了的一个人，就会在你独处的时候，顽强地站在你的面前，拷问你，鞭挞你，谴责你，纠正你……这个人不是别人，正是你自己！由于每一个人都是那样地与众不同，由于你所具有的内在生命力一直在熊熊燃烧，所以，当你完成了自己人生的台阶之后，你就要向上攀登。

你只有在这种不倦的探索中，才能丰富自己的人生，才能得到生命的欢愉，才感到自己内在的充实和价值。

人是追求创造性快乐的动物，如同飞越大洋的候鸟的脑内罗盘，掌控着我们的一系列选择和决定。你一生将成为怎样的人？在你的价值体系里，是怎样的顺序？这些看起来很浩大很空茫的标准，实际上很细致地决定着我们的工作学习生活的各个层面。

在生存之道解决之后，在工作中得到乐趣，就是一个极好的选择。要知道，我们每个人，一生用于工作之中的时间，大约七万个小时。可不要小瞧了这七万个小时，如果你是在快乐和创造中，你是在自我寻找价值的挑战中，你的人生就会过得很充实。如果你只是为了更多的钱，更宽敞的房子，更多的应酬和名声上的虚荣，你将在七万个小时甚至更多的时间里，委屈着自己，扼杀着自己，毁灭着自己的自由。

我在美国印第安人的保留地，遇到一位印第安族的心理学家。她说，在我们古老的印第安人那里，有一个风俗，即使是自己的温饱没有解决，我们也会用自己的食物拯救他人。因为，对我们来说，帮助别人是精神的传统。

她说，我并不是要挑战马斯洛，我只是说，精神有时比肉体更重要。这是那位印第安族心理学家最后留给我的话。

幸福摩天轮

1.每个月做一次走出舒适区的努力吧，尝试一些新的挑战。

2.十年后的你，有哪些想要实现的人生目标？排列出来，并分析如果达不到，你会怎样。

所以，命运是我们最好的托词。

而生命，是我们唯一拥有的资本。

辑五　　悦纳

PART 5

毕淑敏说：

我们的生命，不是因为取悦众人而存在的。

"亲爱的母亲，我抱歉来到这个世界，不能带给你骄傲，只能带给你烦恼。但是，我无力改善我自己，我真不知道怎么办才好！但是，母亲，我从混沌无知中来，在我未曾要求生命之前，我就这样糊里糊涂地存在了，今天这个'不够好'的'我'，是由先天后天的许多的因素，加上童年的点点滴滴堆积而成。我无法将这个'我'拆散，重新拼凑，变成一个完美的'我'。因而，我充满挫败感，充满对你的歉意，所以，让这个'不够好'的我，从此消失吧！"

这是一个十六岁少女的绝笔。她的名字叫琼瑶。

这封信里多次提到"我"，几个不同的"我"。"不够好的我"，在无法变成母亲喜爱的"完美的我"之时，她吞下整瓶的安眠药。而所谓的"不够好"，不过是一次数学考了20分。

这个悲凉的例子，也许能说明，如果不能认同"真实的我"，悲剧的幕布就从此拉开了。

古话说"人贵有自知之明"，这个"贵"字，不单是宝贵，而且是稀少。睫在眼前最难见，人短于自知。 而为了他人的好印象，我们一直在委屈一个人，那就是我们自己。

我们常常说"真善美"。如果没有"真"字，何谈"善美"！虚幻的我，无论多么奇幻美好，都是站不住脚的。而无论多么残酷的现实，因为有了真实的品格，我们才有了脚踏大地的资格。陀思妥耶夫斯基有一句话很恰切，他说："我爱过，我也受苦过，尤其是，我能够很真实地说，我活过。"

请不要用"理想的我"，来贬损"真实的我"。真实的我，从来就没有十全十美，却自有强大的魅力在其中。

健康的自我形象，会导引我们走向自尊自信自爱的人生。那时你将发现，你的内心深处是多么的神奇和安全。我们就会多一些快乐，多一些勇敢，多一些聪慧，多一些轻装前进的勇气。

告别"应该"，自由呼吸

◇　　◇　　◇　　◇

轰毁你心中的魔床

一个女生向我诉说：我被甩了，心中苦痛万分。他是我的学长，曾经每天都捧着我的脸说，你是天下最可爱的女孩。可说不爱就不爱了，做得那么绝，一去不回头。我是很理性的女孩，当他说我是天下最可爱的女孩的时候，我知道我姿色平平，担不起这份美誉，但我知道那是出自他的真心。那些话像火，我的耳朵还在风中发烫，人却大变了。我久久追在他后面，不是要赖着他，只是希望他拿出响当当硬邦邦的说法，给我一个交代，也给他自己一个交代。

由于这个变故，我不再相信自己，也不再相信他人。我怀疑我的智商，一定是自己的判断力出了问题。如此至亲至密，说翻脸就翻脸，让我还能信谁？

女生叫箫凉，箫凉说到这里，眼泪把围巾的颜色一片片变深。失恋的故事，我已听过成百上千，每一次，不敢丝毫等闲视之。我知道有殷红的血从她心中坠落。

我对萧凉说，这问题对你，已不单单是失恋，而是最基本的信念被动摇了，所以你沮丧、孤独、自卑，还有愤怒的莫名其妙……

萧凉说，对啊，他欠我太多的理由。

我说，人是追求理由的动物。其实，所有的理由都来自我们心底的魔床——那就是我们对一些问题的看法和观念。它潜移默化地时刻评价着我们的言行和世界万物。相符了，就皆大欢喜，以为正确合理。不相符，就郁郁寡欢怨天尤人。

这种魔床，有一个最通俗最简单的名字，就叫做"应该"。有的人心里摆得少些，有三个五个"应该"。有的人心里摆得多些，几十个上百个也说不准，如果能透视到他的内心，也许拥挤得像个卖床垫的家具城。

魔床上都刻着怎样的字呢？

萧凉的魔床上就写着"人应该是可爱的"。我知道很多女生特别喜欢这个"应该"。热恋中的情人，更是三句话不离"可爱"。这张魔床导致的直接后果，就是我们以为自己的存在价值，决定于他人的评价。如果别人觉得我们是可爱的，我们就欢欣鼓舞，如果什么人不爱我们了，就天地变色日月无光。很多失恋的青年，在这个问题上百思不得其解，苦苦搜索"给个理由"。如果没有理由，你不能不爱我。如果你说的理由不能说服我，那么就只有一个理由，就是我已不再可爱，一定是我有了什么过错……很多失恋的男女青年，不是被失恋本身，而是被他们自己心底的魔床，锯得七零八落。残缺的自尊心在魔床上火烧火燎，好像街头的羊肉串。

要说这张魔床的生产日期，实在是年代久远，也许生命有多少年，它就相伴了多少年。最初着手制造这张魔床的人，也许正是我们的父母。当我们还是婴儿的时候，那样弱小，只能全然依赖亲人的抚育。如果父母不喜欢我们，不照料我们，在我们小小的心里，无法思索着复杂的变化，最简单的方式，我们就以为是自己的过错。必是我们不够可爱，才惹来了嫌弃和疏远。特别是大人们的口头禅"你怎么这么不乖？如果你再这样，我就不喜欢你了……"凡此种种，都会在我们幼小的心底，留下深深的印记。那张可怕的魔床蓝图，就这样一笔笔地勾画出来了。

有人会说，啊，原来这"应该如何如何"的责任不在我，而在我的父母。其实，床是谁造的，这问题固然重要，但还不是最重要的。心理学家弗洛伊德说过，一个孩子，就算在最慈爱的父母那里长大，他的内心也会留有很多创伤。我们长大之后，要搜索自己的内心，看看它藏有多少张这样的魔床，然后亲手将它轰毁。

不为别人的喜欢而活

有一种天然的感觉，伴随我们一生。有人说是爱，其实不是。爱不是天生就具备的品德，是需要学习的。一个刚刚出生的婴儿，并不懂得爱，但他感到了自卑。哭声就是自卑的旗帜，那是对寒冷（相比于母体内的恒温）、对孤独（相比于母体内的依傍）的第一声惊恐的告白，也是被

我们是自在之物，我们不必讨
任何人的喜欢，就可以欢天喜地地
背负大地，面朝青天。

迫独立生活的宣言。这个景象挺有象征意义。人在强大的自然规律面前，不可能不自卑。但是，人又不能被自卑打倒，人就是在同自卑的抗争中成长壮大起来的。

简言之，自卑就是有关自我的消极信念，影响了成长。

为什么人人都会有自卑呢？第一是人类相对于宇宙和自然界的渺小。面对苍茫玄妙的寂寥星空，你太渺小了。面对拔地而起的万丈山岳，你太渺小了；面对浩渺无际的汹涌海洋，你太渺小了；面对铺天盖地的葱郁植物，你太渺小了。记得我母亲在世的时候，一天我们和朋友在森林中漫步，看到一棵几人合抱不过来的大树，我们纷纷猜测这树的年龄。虽然众说不一，但大家都同意树龄最少有几百年了。母亲在密林中对我说，人是活不过一棵树的。后来，母亲去世的当日，我回到家中，透过泪眼看到母亲养在花瓶里的一丛水竹依然郁郁葱葱，心中哀痛万分地想，人岂止活不过树，连一蓬草也活不过的，顿时泪水奔涌而出。所以，面对大自然，人生出自卑之感。

自卑的第二个原因，来自人类童年时期的幼小和无助。据科学家研究，因为人类脑容量的不断增大，人类的胎儿不可能在母腹中发育到完全成熟才分娩而出，所以人类的婴儿几乎是一个半成品，就独自面对这个世界了。他不能走，连爬也要等待几个月之后才能慢慢练习而成，完全不像马或者鹿的幼崽，几个小时之后就能蹒跚地跟在母亲身后行走了。人类婴孩不能寻找食物，除了等待妈妈的乳汁，他们没有丝毫谋生的本领。人类婴儿更没有抵抗天敌的能力，谁想置他于死地，都易如反掌。因此人类婴孩有一个漫长的童年期，除了仰人鼻息，无法独立。这个孱弱的阶段，谁都躲不过。

自卑的第三个原因，来自我们每个人成长经验中的创伤性记忆和理念。如果说前两个原因还是人人有份的话，这第三个原因，有一点个体差异。但完全不曾遭遇创伤的人，也是没有的。

什么能造成我们的精神创伤呢？

第一是有关性别的。普遍来讲，多是因封建残余的重男轻女观念，中国女孩普遍比较容易在这一处留下创伤，形成死穴。就算家里不忽视女孩，当她走到社会上，也还是会受到无所不在的性别文化的影响。歧视犹如空气，弥漫在很多地方的上空，令人无法逃遁。而且，有的男孩也不喜欢自己的性别。我就曾经听到一个男孩说，因为在他之前，叔叔啦伯父啦，还有自己父母这个小家，整个大家庭里生的都是男孩，于是无论祖父母还是父母，都希望这最后一个孩子是个女孩。那时候还允许提前用超声波鉴定胎儿性别，不知道是不是医生大意了，告知人们将要出生的是个女孩，全家期盼。没想到却是个小伙子出世了，一片哗然。妈妈懊丧地说，我希望能来件小棉袄，不想还是一把小茶壶。于是，这个小伙子很为自己的性别苦闷，长久地不开心。

第二种常见的心理创伤，就是对自己的外形不满意。

比如嫌自己的个子不够高，肤色不够白，头发不是漆黑油亮，眼睛不是双眼皮，腿不够修长，手的形状不好，嗓音不美，鼻子塌陷等等。

对自己的长相不满意，这应该是很有历史传统的自卑理由。尤其是对女子，咱们的古话中说的郎才女貌，简直把女子的相貌提到了繁衍学的原则高度。这个倾向，在现代社会越演越烈。过去我们形容一个人的长相，只能靠语言。用语言这个东西形容外貌，留给人很大的想象空间，好赖其实是没有定论的。过去人们称赞一个人好看还是不好看，涉及的地理范畴，基本上就是在一个村子内打转转，说某某相貌好，就会说，这是村子里最漂亮的姑娘。一个村子里有多少人呢？也就几百人吧。大一点的村子上千人，也就到头了。选美基础最广泛的佳人，大概要数"倾国倾城"的范围，那时候的国和城，也不能和今日相比，不过方圆几千几万平方公里的面积。

今天就大不同了。因为电视媒体网络媒体的发展，由于整容术、化妆术的协同作战，银幕和屏幕纷纷把包装极端完美的佳丽展示给大众，形成了一种视觉上的压迫，几乎让所有人都认为自己长相上有瑕疵，从而自惭形秽。

如此普遍地制造形体上的自卑，是现代文明带给我们的副产品之一。如果不加以有意识的对抗、消解和升华，就会批量生产出众多自卑的女子，当然，也包括男子。

第三种常见的心理创伤，是觉得自己不够聪明。

聪明这件事，以前是太局限了，主要用记忆力的好坏来做判断。记忆力好，就一好遮百丑。咱们前面已经讲过了，人的能力有很多种，东方不亮西方亮，黑了南方有北方。我相信每一种存在都有它的理由，每一颗种子里都有乾坤。

目前，社会上不断出现新职业。甚至一个仅仅是味觉特别发达的人，也可以有用武之地。

第四种常见的心理创伤，是自卑的人认定自己是不讨人喜欢的。

　　关于这一点，我觉得首先要更正的前提是——我们的生命，不是因为讨别人喜欢而存在的，我们是自在之物，我们不必讨任何人的喜欢，就可以欢天喜地地背负大地，面朝青天。只要你认定了这一点，枷锁就被打开，你就可以自由地呼吸了。

承认自卑，是改变的第一步

◇　◇　◇　◇

接受生命的结尾

早年我当实习军医的时候，有一位垂死的老者对我说，人为什么要变得一点力量也没有呢？为什么再也听不见鸟叫了呢？为什么尝不到年轻时吃过的好味道呢？为什么看不清窗外的景色呢？为什么原来能做的事情，现在一点也做不成了呢？为什么连大小便我都自己完不成了呢？人为什么要在这种情况下死去？

那时我年轻，我第一次目睹死亡在我面前慢慢地降临，第一次知道老者也有这么多的为什么。在那之前，我以为死亡是一瞬间的事情，比如被子弹击中，比如发生车祸的刹那，我以为人老了自然就会把一切想通看开。直到在这位老人面前，我知道了正常的死亡就是缓慢地枯萎和凋零，我知道了人对于病痛和死亡有那么多义愤填膺的不甘。

如果是今天，我也许会用别的语言和这位老者交谈。可惜，那时候的我太年轻。我和他没心没肺地探讨：那么，您认为如果人不是老了才死，该是什么阶段死亡比较相宜？

老者很认真地思考我的这个问题，说，还是童年的时候死吧，那时他还不知道死亡是什么东西。

我刚从小儿科实习完，就很不服地说，他们那么小，还不知生命是怎么回事就死了，好像不合适。

老者想想说，那就年轻时死掉好了，省得老年时这般无力。

那时我二十出头，正属于老者认为该死的年龄，立刻大叫起来，说，我们意气风发血气方刚的，为什么要死呢？再说，青壮年都死了，人类社会怎么发展呢？

老者不理我，按照自己的思绪说下去，要不，就正当年的时候死吧。该看的，都看到了；该吃的，都尝过了；该干的活，也干得差不多了，就死吧。

我说，都活到这会儿了，炉火正红，干吗不精神抖擞地活下去呢？生硬地把一棵参天大树伐倒，那是不道德的。

老人听完了我的话，望着窗外坠落的夕阳，半晌没有说话，突然就张开没牙的嘴绽开了微笑。他说，好吧，还是把死亡留到人老的时候吧。虽然一天天枯竭，心里很不是滋味，但已经如此有滋有味地走过一辈子，也会接受这个结尾……

疾病是死亡吹拂而来的一阵风。如果你能接受生命的灿烂，也请接受死亡这匹深蓝色的幕布。它们本是一体，就像经线和纬纱，在经纬交织之处，缀着疾病的碎花。不要因为疾病而害怕和自卑，它们原本就是生命的正常组成部分，泥沙俱下。

对死亡思索的能量之大，足以改变任何一个人对世界的看法。从此你的人生才能进入真正意义上的独立自主，进入了没有参照系的探寻与建造。

更有甚者，认为思考死亡，能让人快乐。提出这一结论的是肯塔基大学心理学家德沃尔和佛罗里达大学的罗伊，他们对 32 名志愿者进行了一场测试。其中有一半人被告知，你们可能马上就要死了，请简短地写出将要发生什么。另一半人被要求写出牙痛的感觉。结果表明，前一组学生写出的词汇更积极、更乐观。科学家们认为，当人们想到死亡的时候，可能有一些害怕，但人们最终会恢复过来，并意识到现实生活带来的快乐。

哈佛大学的心理学教授丹尼尔·吉尔伯特也证实这一观点。他说，人和其他动物的不同，在于能意识到自己随时都可能离世，而如果将这种意识贯穿到日常生活中，就可能形成心理免疫反应，反而变得更加坚强起来。

所以，巴顿将军有句名言："只是哀悼死者是愚蠢和错误的。相反，我们应当为他们曾存在而感谢上帝。"

我很重要

当我说出"我很重要"这句话的时候，颈项后面掠过一阵战栗。我知道这是把自己的额头裸露在弓箭之下了，心灵极容易被别人的批判洞伤。

许多年来，没有人敢在光天化日下表示自己"很重要"。我们从小受到的教育都是——"我不重要"。

作为一名普通士兵，与辉煌的胜利相比，我不重要。

作为一个单薄的个体，与浑厚的集体相比，我不重要。

作为一位奉献型的女性，与整个家庭相比，我不重要。

作为随处可见的人的一分子，与宝贵的物质相比，我不重要。

我们——简明扼要地说，就是每一个单独的"我"——到底重要还是不重要？

我是由无数星辰日月草木山川的精华汇聚而成的。只要计算一下我们一生吃进去多少谷物，饮下了多少清水，才凝聚成这具美好的躯体，我们一定会为那数字的庞大而惊讶。平日里，我们尚要珍惜一粒米、一叶菜，难道可以对亿万粒菽粟亿万滴甘露濡养的万物之灵，丝毫地掉以轻心吗？

当我在博物馆里看到北京猿人窄小的额和前凸的吻时，我为人类原始时期的粗糙而黯然。他们精心打制出的石器，用今天的目光看来不过是极简单的玩具。如今很幼小的孩童，就能熟练地操纵语言，我们才意识到人类已经在进化之路上前进了多远。我们的头颅就是一部历史，无数祖先进步的痕迹储存于脑海深处。我们是一株亿万年苍老树干上最新萌发的绿叶，不单属于自身，更属于土地。人类的精神之火，是连绵不断的链条，作为精致的一环，我们否认了自身的重要，就是推卸了一种

我们是一株亿万年苍老树干上最新萌发的绿叶，不单属于自身，更属于土地。

神圣的承诺。

回溯我们诞生的过程，两组先命基因的嵌合，更是充满了人所不能把握的偶然性。我们每一个个体，都是机遇的产物。

常常遥想，如果是另一个男人和另一个女人，就绝不会有今天的我……

即使是这一个男人和这一个女人，如果换了一个时辰相爱，也不会有此刻的我……

即使是这一个男人和这一个女人在这一个时辰，由于一片小小落叶或是清脆鸟啼的打搅，依然可能不会有如此的我……

一种令人怅然以至走入恐惧的想象，像雾霭一般不可避免地缓缓升起，模糊了我们的来路和去处，令人不得不断然打住思绪。

我们的生命，端坐于概率垒就的金字塔的顶端。面对大自然的鬼斧神工，我们还有权利和资格说我不重要吗？

对于我们的父母，我们永远是不可重复的孤本。无论他们有多少儿女，我们都是独特的一个。

假如我不存在了，他们就空留一份慈爱，在风中蛛丝般无法附丽地飘荡。

假如我生了病，他们的心就会皱缩成石块，无数次向上苍祈祷我的康复，甚至愿灾痛以十倍的烈度降临于他们自身，以换取我的平安。

我的每一滴成功，都如同经过放大镜，进入他们的瞳孔，摄入他们的心底。

假如我们先他们而去，他们的白发会从日出垂到日暮，他们的泪水会使太平洋为之涨潮。

面对这无法承载的亲情，我们还敢说我不重要吗？

我们的记忆，同自己的伴侣紧密地缠绕在一处，像两种混淆于一碟的颜色，已无法分开。你原先是黄，我原先是蓝，我们共同的颜色是绿，绿得生机勃勃，绿得苍翠欲滴。失去了妻子的男人，胸口就缺少了生死攸关的肋骨，心房裸露着，随着每一阵轻风滴血。失去了丈夫的女人，就是齐斩斩折断的琴弦，每一根都在雨夜长久地自鸣……

面对相濡以沫的同道，我们忍心说我不重要吗？

俯对我们的孩童，我们是至高至尊的唯一。我们是他们最初的宇宙，我们是深不可测的海洋。假如我们隐去，孩子就永失淳厚无双的血缘之爱，天倾西北，地陷东南，万劫不复。盘子破裂可以粘起，童年碎了，永不复原。伤口流血了，没有母亲的手为他包扎。面临抉择，没有父亲的智慧为他谋略……面对后代，我们有胆量说我不重要吗？

与朋友相处，多年的相知，使我们仅凭一个微蹙的眉尖、一次睫毛的抖动，就可以明了对方的心情，假如我不在了，就像计算机丢失了一份不曾复制的文件，他的记忆库里留下不可填补的黑洞。夜深人静时，手指在揿了几个电话键码后，骤然停住，那一串数字再也用不着默诵了。逢年过节时，她写下一沓沓的贺卡。轮到我的地址时，她闭上眼睛……许久之后，她将一张没有地址只有姓名的贺卡填好，在无人的风口将它焚化。

相交多年的密友，就如同沙漠中的古陶，摔碎一件就少一件，再也找不到一模一样的成品。面对这般友情，我们还好意思说我不重要吗？

我很重要。

我对于我的工作我的事业，是不可或缺的主宰。我的独出心裁的创意，像鸽群一般在天空翱翔，只有我才捉得住它们的羽毛。我的设想像珍珠一般散落在海滩上，等待着我把它用金线串起。我的意志向前延伸，直到地平线消失的远方……

没有人能替代我，就像我不能替代别人。我很重要。

我对自己小声说。我还不习惯嘹亮地宣布这一主张，我们在不重要中生活得太久了。

我很重要。

我重复了一遍。声音放大了一点。我听到自己的心脏在这种呼唤中猛烈地跳动。

我很重要。

我终于大声地对世界这样宣布。片刻之后，我听到山岳和江海传来回声。

是的，我很重要。我们每一个人都应该有勇气这样说。我们的地位可能很卑微，我们的身份可能很渺小，但这丝毫不意味着我们不重要。

重要并不是伟大的同义词，它是心灵对生命的允诺。

对于一株新生的树苗，每一片叶子都很重要,对于一个孕育中的胚胎，每一段染色体碎片都很重要。甚至驰骋寰宇的航天飞机，也可以因为一个油封橡皮圈的疏漏而凌空爆炸，你能说它不重要吗？

人们常常从成就事业的角度，断定我们是否重要。但我要说，只要我们在时刻努力着，为光明在奋斗着，我们就是无比重要地生活着。

让我们昂起头，对着我们这颗美丽的星球上无数的生灵，响亮地宣布——

我很重要!

接纳自卑，它会以意想不到的方式帮助你

◇　◇　◇　◇

卑微是我们的朋友

"我不如别人，我自卑，所以我不停地努力。当年从郑州到国家队的时候，没有一个人肯定我，他们全说1.5米的我打球不会打得如何，为了证明给他们看，我快发了疯，每天都比别人刻苦训练，我知道我的个子不如别人，别人允许有失败的机会，我没有。我只能赢，所以我打球凶狠，那是逼出来的。后来我成功了，别人又说我没有大脑，只会打球，于是我发疯地学习，英语从不认识字母到熟练地和外国人对话，我不比别人聪明，我还自卑，但一旦设定了目标，就绝不轻言放弃。什么都不用解释，用胜利说明一切！"

"临近退役时，我便开始设计自己将来的路，有人认为运动员只能在自己熟悉的运动项目中继续工作，而我就是要证明：运动员不仅能够打好比赛，同时也能做好其他事情。哪天我不当运动员了，我的新起点

也就开始了。"

"1996 年底，我被萨老提名为国际奥委会运动委员会委员。我明白，这既是国际奥委会的重用和信任，也是一次严峻的挑战。奥委会的办公语言是英语和法语。然而，当时我的英语基础几乎是零，法语也是一窍不通。面对如此重要的工作岗位和自己外语水平的反差，我心里急得火上房。"

"1996 年亚特兰大奥运会结束后，我怀着兴奋而又忐忑的心情迈进清华大学。老师想看看我的水平——你写出 26 个英文字母看看。我费了一阵心思总算写了出来，看着一会儿大写、一会儿小写的字母，我有些不好意思——老师，就这个样子了，但请老师放心，我一定努力！"

"上课时老师的讲述对我而言无异于天书，我只能尽力一字不漏地听着、记着，回到宿舍，再一点点翻字典，一点点硬啃硬记。我给自己制订了学习计划：一切从零开始，坚持三个第一——从课本第一页学起，从第一个字母、第一个单词背起。一天必须保证 14 个小时的学习时间，每天 5 点准时起床，读音标、背单词、练听力，直到正式上课。晚上整理讲义，温习功课，直到深夜 12 点。"

看到这里，你一定猜出了这个人是谁。对，她就是获得过 18 个世界冠军，得过 4 枚奥运金牌的邓亚萍。

由于全身心地投入学习，邓亚萍几乎完全取消了与朋友的聚会及无关紧要的社会活动，就连给父母打电话的次数也大大减少。为了提高自己的听力和会话能力，她除了定期光顾语音室，还买来多功能复读机。由于总是一边听磁带，一边跟着读。同学们总是跟她开玩笑："亚萍，

卑微也是我们的朋友，卑微里
也有不容小觑的力量。

你成天读个不停，当心嘴唇磨出茧子呀！""但我相信：没有超人的付出，就不会有超人的成绩。这也是我多年闯荡赛场的切身体验。"她说。

学习是紧张的，每天的课程都排得满满的。除学习之外，邓亚萍每周还要三次往返几十里路到国家队训练基地进行训练，疲劳程度可想而知。

"每天清晨起床时，我都会发现枕头上有许多头发，梳头的时候也会有不少头发脱落下来。对此我并不太在意，倒是教练和队友见到我十分惊讶：'小邓，你怎么了？'我说：'没什么，可能是学习的用脑和打球的用脑不一样吧。'"

"虽然都是一个'苦'字，但此时的我却有不一样的感受：以前当运动员，训练累得实在动不了，只要一听到加油声，一咬牙，挺过来了；遇到了难题、关坎，教练一点拨，通了；比赛遇到困难，观众一阵吼声，劲头上来了，转危为安。但读书呢，常常要一个人孤零零地面壁苦思，那种清苦、孤独是另一种折磨，没意志、没恒心是坚持不下去的。"

邓亚萍终于获得了英国剑桥大学的经济学博士学位。

就是姚明，小时候也很自卑呢，因为他和别人长得不一样。别的孩子上公共汽车还不用买票的时候，他就得买票。他吃饭比别人多，个子长得大。刚上一年级的时候，就把老师吓了一跳，说班上这个小朋友，怎么和老师一样高啊！

说了这许多自卑的合理性，并非是要大家对自卑安之若素。其实，你接纳了自卑，你把自卑当成一个朋友，它就会以意料不到的方式来帮助你。

为了战胜自卑，我们就会更加努力。因为自卑的持续存在，我们或许会比较少骄横。因为自卑，我们记得渺小和尊崇，这何尝不是因祸得福呢。

写下自己的优点

阿尔佛雷德·阿德勒认为，人从一出生就伴随着自卑感，之后需要用一生的时间，去提高自己的技能、优越感和对别人的重要性。

卑微也是我们的朋友，卑微里也有不容小觑的力量。

应对自卑有一个好方法，就是不要把目光总停留在缺憾处，应转而注意自己的优点。具体步骤就是：写下自己的优点。

不要以为优点都是惊天动地的。我看过一个人写下的优点就是"爱睡觉"，我觉得这很可爱。因为失眠是非常痛苦而且顽固的毛病，对我们的健康干扰很大，一个人爱睡觉并且睡得着，这难道不是大大的优点吗？

有一次，我去参加一个孩子们的聚会，当让大家写出优点的时候，相当一部分人交了白卷，没有交白卷的，也只是在上面画了个大大的圆圈，意思就是"优点为零"。

这样的孩子，就是自卑的后备军。

诚实果敢，智慧助人，勤劳朴实，守时互信，任劳任怨，一不怕苦二不怕死，善解人意，享受在后……这些都是优点。

早睡早起，拾金不昧，歌声悠扬，舞姿柔曼，这些也都是优点。

字写得好，衣服洗得干净，会修理电器，能爬山，会开汽车，这也都是优点啊。

吃饭不掉米粒，指甲总是剪得短短的，没有污垢。牙齿刷得很洁白，脸上常带笑容，睡觉不打呼噜……

不作践自己的身体，不染黑自己的语言，不屈膝以把自己调成讨好众人的姿态，不让自己因为懒惰而装扮成散漫的人。

这些也都是优点！

多看自己的优点，不是让你骄傲，而是让你树立起信心，也学会懂得欣赏别人。

记得啊，不要做一个完美主义者。

世界本来就是不完美的，太阳有黑子，月亮有阴晴圆缺。十个手指头伸出来长短不齐，伟人还说自己是三七开呢，我们能做到 5.1 比 4.9，也就不错了。

在决定不做一个完美主义者之后，你就要宽容自己。出了差错，找到了原因，制订了避免的措施，适当地自责之后，就向前看。旧的一页翻过去了，新的篇章开始了。不在写满了字迹的纸张上画新的图画。

回顾自己的成就，如果你愿意，就把自己已经取得过的成绩，写在一个精美的小本子上，自卑发作的时候，不妨拿出来看看。你有过怎样的胜利？不管它们看起来如何微不足道。从赢得一场比赛的冠军，到气喘吁吁地爬到了山顶。

你成功地面对过怎样的挑战？从一个不可能完成的任务，到学会了一项本领。

你有什么技能？从一门手艺一个秘诀到炒得一手好菜。

他人对你有过什么正面评价？从领导说这个人很有潜力到街坊老奶奶说你有孝心。

估计这个法子很多人觉得陌生。咱们耳熟能详的话是"不要躺在功劳簿上"，好像功劳簿是个让人丧失斗志的朽坏榻榻米。也许，对少许狂妄自大的人来说，功劳簿是有害的，躺在上面更是退步的温床。对一般人来说，功劳簿是可以有的，甚至是必需的。只是你不必躺在上面，你看看，想想自己也曾成功和胜利，当自卑的情绪悄然隐退之后，你就把功劳簿从容地收起来，然后斗志昂扬地重新出发。

你要不断地鼓励自己。注意啊，鼓励和表扬是有不同的，表扬更多的是看到结果，而鼓励是看过程。主要是自己是否已经尽力？我们习惯于别人鼓励我们，但是，不要把鼓励看成是别人的专利，要大力提倡鼓励和自我鼓励相结合。对别人，我们要多多鼓励：做父母的，要鼓励孩子；做丈夫妻子的，要鼓励爱人；做领导的，要鼓励下属；做朋友的，要鼓励朋友。最重要的，是要学会自我鼓励。要知道，我们身体里百千亿个细胞，漫长的血管和搏击不停的心脏，都在期待着鼓励。我们的胸膛、大脑、眼睛和四肢百骸，都需要清晰的明确的充满温情的鼓励。清晨你醒来，鼓励自己这是新的一天，太阳再次升起，烦恼留在黑夜，一切重新开始。夜晚你入睡，鼓励自己无论是成功还是失败，你都在学习中成长。

找到新模式，覆盖自卑的封印

◇　◇　◇　◇

命运的岔口，怨恨还是快乐

那天，一位姑娘走进我的心理诊室，文文静静地坐下了。她的登记表上咨询缘由一栏，空无一字。也就是说，她不想留下任何信息表明自己的困境。我打量着她。衣着黯淡却不失时髦，看得出价格不菲。脸色不好，但在精心粉饰之下，有一种凄清的美丽。眉头紧蹙，言语虽是缓缓的，却如同细碎的弹片四下迸射。

"我得了乳腺癌，你想不到吧？不但你想不到，我也想不到。直到我躺在手术台上，刀子滑进我胸前皮肤的时候，我还是根本不相信这个诊断。我想，做完了手术，医生们就会宣布这是一个天大的误会。病理检验确认了癌症，我彻底垮了。化疗，头发被连根拔起。刀疤横劈，我知道我的生活发生了毁灭性的改变。我原是辆红色的小火车，有名利有地位有钱有高学历，拉着汽笛风驰电掣隆隆向前，人们都羡慕地看着我。

现在，火车脱轨了，颠覆了，零件散落一地……

"我辞了外企的高薪工作，目前在家休养。我想，我的生命很有限了，我要用这有限的生命来做三件事情。第一件，以我余生的所有时间来恨我的母亲……"

无论我怎样克制着自己的情绪，还是不由自主地把震惊之色写满一脸。重病之时，正是期待家人支持的关键时刻，怎能如此决绝地痛恨母亲呢？

她看出了我的大惑，说："我的母亲是一个医生，在得知我得了病以后，她没有给过我任何关于保乳治疗的建议，总是督促我赶快接受手术。我一个外行人，不知道还有保存乳房治疗乳腺癌的方法，可她是一个医生啊，为什么不替她唯一的女儿多多考虑一番，就让那残忍的一刀切下来了呢？所以我咬牙切齿地恨她。

"我要做的第二件事是死死绑住一个男人。这个男人有家室，以前我们是情人关系，常在一起度周末，彼此愉悦。我知道这不符合毕老师您这一代人的道德标准，但对我来说是无所谓的事情。我从来没有要求他承诺什么，也不想拆散他的家庭，因为那时我还有对人生和幸福的通盘设计，和他交往不过是权宜之计。可是，如今情况大不同了，我已经失去了一只乳房，不再完整。我无法把残缺的身体展现在另外的男人面前，这个情人是见证过完整的我的最后一个男人了。我要他离婚娶我。如果他不同意，我就把他和我的关系公之于众。他是有身份好脸面的人，不敢惹翻我，我会继续逼他……

"我要做的第三件事是拼命买昂贵的首饰。只有这些金光闪闪晶莹别透美艳绝伦的小物件，才能挽留住我的脚步。我常常沉浸在死亡的想象之中，找不到生存的意义。我平均每两周就有一次自杀的冲动，唯有想到这些精美的首饰，在我死后，不知要流落到什么样的人手里，才会生出一缕对生的眷恋。项圈套住了我的性命，耳环锁起我对人间最后的温情……"

她不停地说着，漠然而坦率。我的心随之颤抖，看出了这镇定之下的苦苦挣扎。后来她又向我摊开了所有的医疗文件，她的乳腺癌并非晚期，目前所有的检查结果也都很正常。我确信她的生命受到了严重的威胁，但这不是来自那个被病理切片证实了的生理的癌症，而是她在癌症击打之下被粉碎了的自信和尊严。癌症本身并非不治之症，癌症之后的忧郁和愤怒、无奈和恐惧、孤独和放弃、锁闭和沉沦……才是最危险的杀手。

后来她接受了多次的心理咨询，并且口服了抗抑郁的药物。在双重治疗之下，她一天天坚强起来。她不再怨怼母亲，因为不是母亲让她得了癌症。她已长大，只能独立面对命运的残酷挑战并负起英勇还击的责任，而不是像个小妞妞赖妈妈没有把自己照顾好。她意识到虽然切除了一侧乳房，但她依然是完整的女人，依然有权利昂然追求自己的幸福。哪个男人能坦然地接受她、珍惜她，这才是爱情的坚实基础。建立在要挟和控制之上的情人关系，只能是一出浩大悲剧的幕布。至于美丽的首饰嘛，她说，我想自己留下一部分，然后把一些送给朋友们。我还是很喜爱金光闪闪和玲珑别透的小物件，但我不必把它们像铁锚一样紧紧地抓在手里，生怕一松手遗失了它们就等于丢掉了自己的性命……

自卑并不可怕，它是我们每个
人在一生当中都会与之相伴的朋友。

善待自我的新模式

承认自卑是人人都曾有的一种"正常"心理反应，会让你的感觉不那么差。这里所说的正常，并不是说听之任之，而是知道自己并不孤独，并不是异类，你不过是有一道人人都有的伤口，遭遇到了一个人人都曾陷落的洼地。现在，就看你如何应对。

你要先找到它，然后使用"覆盖"的功能，用新的模式代替它。

如果你以前是这样想的：我小时候受到过侵害，我要把自己封闭和保护起来，这样我就不会受到侵害了。

新的模式：我已经长大了，我有能力来保护自己。只要我是坚强的，就没有人能真正伤害到我。所以，我可以在平等的条件下，和更多的人接触。

旧模式：如果有人批评我，这就意味着我失败了。为了避免失败，我要尽量躲避那些富有挑战性的工作和场合。如果有人批评我，我就要在第一时间把他顶回去，不然更多的人知道了并同意他批评我的说法，那我就更失败了。

新的模式：谁都有可能失败。这不是耻辱，甚至可以说是成功的奠基石。失败并没有什么可怕，下一次我会做得完善。批评的人，不管他是出于什么动机，只要他说得对，我就可以接受。如果他是恶意攻击我，那么，暴露的只是他的狭隘，对我并没有伤害。我相信大多数人，是可以信任并且明辨是非的。就算是在一个短暂的时间范围内，不能正确地评价我，这并不会妨碍我的努力。

旧模式：失恋了，这非常痛苦。因为我被人抛弃了，她（或者他），为什么不选择我呢？这说明我不可爱。我是一个失败的人，在对方眼里一无是处。

新的模式：我们并不因为另外一个人的评价变化而随之改变。我还是我，我们的价值来自我的尊严，别人无法剥夺。我不是因为别人的喜爱而存在。姻缘这个事情，有很多因素，并不是因为你的好或是不好就能够决定的。做出这个决定的是对方，并不是我，我不必为此负责。事情最坏能发展到什么地步呢？地球不会停止转动，我也不会因此死掉。既然答案很明确，我就忍耐这一段日子的伤感，相信时间会让我慢慢复原。

你不必是一个伟大的人，只要是个感觉良好的人就行了。

我们常常是从别人的眼里来判断自己的。但其实评价这个东西，有时候是靠不住的。俗话说："路遥知马力，日久见人心。"评价这个事情，受时间、地点、情势的影响很大。如果你总是按照外界的评论来修正自我的认知，很遗憾，你的头脑就成了被复印的 A4 纸。

再者，众口难调。好比吃饭，有的人不喜欢川菜，嫌太辣，这并不能说明川菜不好。有的人嫌粤菜太清淡，也不能说明粤菜不好，只能说明人们的评价体系是多元的。如果你跟风，特别是在如何看待自己这个问题上，人云亦云，那就是对自己的高度不负责任。世界上的事情千奇百怪千变万化，你永远会听到截然不同的多种声音。

你想取悦所有的人，不仅是不可能的，而且是有害的。你无法让所有的人对你都有好评，这就注定了你是一个失败者。再者，就算你让大多数的人都说你的好话，你对自己的看法仍然是沙上建塔。因为你为了维持这种局面，就会谨小慎微地讨好所有的人，丧失了个性和主动性，成了舆论小心翼翼的婢女。

自卑的形成不是一朝一夕之功，消除自卑的观念，也是一个长期的功课。

自卑并不可怕，它是我们每个人在一生当中都会与之相伴的朋友。如果你学会了和自卑友好相处，不让它左右你的心境，又能不断地利用自卑对你的激励和升华作用，那么你就会变成一个超越了自卑而生机勃勃的人。那时候，你对自己将有一个良好而恰当的评价，既不狂妄，也不气馁，对自己的期望值恰如其分。能恰当地照顾自己，喜欢自己的身体，善待自己的身体；能够清醒地认识自己的优缺点，有条不紊地工作学习生活，享受生活中的美好时光。

我很重要

1.写出五个曾让你自卑的旧模式，再用新模式覆盖它们。

2.在你的家庭，开展一场持久的鼓励和自我鼓励运动吧。让自信贯穿你的生活。

平日里，我们尚要珍惜一粒米、一叶菜，难道可以对亿万粒菽粟亿万滴甘露濡养的万物之灵，丝毫地掉以轻心吗？

辑六　　遗忘

PART 6

毕淑敏说：
在过往的悲伤中学习，抱持
因爱而脆弱的心。

因为童话多半有一个光明的结尾，人们就忽略了小人鱼变鳍为脚的痛楚，小红帽面对狼外婆的恐惧，孙悟空戴上紧箍咒的折磨和唐僧九九八十一难的艰辛……以为童话总是祥云笼罩，这实在是一个大误会。

童话尚且如此，真实的生活中，难免有灾难埋伏在前进的拐弯处，不知何时会突袭我们。既然不可避免，怎么办？答案可能形形色色。不过万变不离其宗，大致可以分成两大类。

一条路是——我们终日啼哭，用泪水使太平洋的海拔高度上升。我们一蹶不振徘徊在墓地，时时沉湎在对亲人的怀念和追悼中。我们怨天尤人，愤问苍穹的不公和大自然的残忍。我们从此心地晦暗，再也不会欢笑和宽容……

沿着这条路一直走下去，那结局是末日的黑色和冰冷。

还有一条路是——拭干眼泪，重新振奋精神，更珍惜生命的价值和意义，争取用自己的存在让这颗星球更美。我们给他人更多温情和宽厚，因为我们从患难中理解了友谊和支援……

沿着这条路走下去，那结局是火焰般的橘黄色，明媚温暖。

灾难是一把双刃剑，可以把一个人从精神上杀死，也可以把他锻造得更加坚强。

苦难使我们成熟，但它首先使我们痛苦。人生中最重要的变化，一定伴随着大的焦灼和忧虑，甚至可以说，如果没有蚀骨销魂的痛，成长就不够清醒和完整。

从蛹到蝶，从蚕到蛾，从矿石到金属，从少年到成人。从一个地方到另一个地方，从一个行业到另一个行业。从目不识丁到学富五车，从一个人到两个人到三个人以至更多，从卑微到高尚到倾国倾城青史留名。从乡村到城市，从神州到世界……

悲伤来自生命的 "丧失"

◇　◇　◇　◇

身体储藏的记忆

来访者进门的时候，带来了一股寒气，虽然正是夏末秋初的日子，天气还很炎热。

女孩，十七八岁的样子，浑身上下只有两种颜色——红与黑。这两种美丽的颜色，在她身上搭配起来，却成了恐怖。黑色的上衣黑色的裙，黑色的鞋子黑色的袜，仿佛一滴细长的墨汁洇开，连空气也被染黑。苍黄的脸上有两团夸张的胭脂，嘴唇红得仿佛渗出血珠，该黑的地方却不黑，头发干涩枯黄，全无这个年纪女孩青丝应有的乌泽。眼珠也是昏黄的，裹着血丝。

"我等了您很久……很久……"她低声说自己的名字叫飞茹。

"你等了我这么久，为了什么？"

飞茹说："为了找一个人看我跳舞。我不知道找谁，我在这个大千世界上找了很久，最后我选中了你。"

　　我几乎怀疑这个女生的精神是否正常。付了咨询费，只是为了找一个人看跳舞，匪夷所思。心理咨询室实在也不是一个表演舞蹈的好地方，窄小，到处都是沙发腿，真要旋转起来，会碰得鼻青脸肿。

　　"我和很多人说过我要找到看我表演的人，他们都以为我是在说胡话，甚至怀疑我不正常。我没有病，甚至可以说是很坚强。要是一般人遇到我那样的遭遇，不疯了才怪呢！"

　　照目前这种情况，我觉得最好的方法是尊重飞茹的选择：看她跳舞。

　　每次飞茹都会准时来，在地中央跳舞。我要做的就是在一旁看她旋转，不敢有片刻的松懈。虽然我还猜不透她为什么要像穿上了魔鞋一样跳个不停，但是，我不能性急。现在，看飞茹跳舞，就是一切。

　　若干次之后，飞茹的舞姿有了进步，她却不再专心一意地跳舞了："您能抱抱我吗？"

　　我说："这对你非常重要吗？"

　　她紧张地说："您不愿意吗？"

　　我说："没有。我只是好奇。"

　　飞茹说："因为从来没有人抱过我。"

　　我半信半疑，心想就算飞茹如此阴郁，年岁还小，没有男朋友拥抱过她，但父母总是抱过吧？亲戚总是抱过吧？女友总是抱过吧？当我和她拥抱的时候，才相信她说的是真话。飞茹完全不会拥抱，她的重心向后仰着，好像时刻在逃避什么。身体仿佛一副棺材板，没有任何热度。我从心里涌出痛惜之情，不知道在这具小小的单薄身体中，隐藏着怎样的冰冷。我轻轻地拍打着她，如同拍打一个婴儿。她的身体一点点地暖和起来，柔软起来，变得像树叶一样可以随风摇曳了。

下一次飞茹到来的时候，平静地说："我不再跳舞了，也不再拥抱了。这一次，我要把我的故事告诉您。"

那真是一个极其可怕的故事。飞茹的爸爸妈妈一直不和，妈妈和别的男人好，被爸爸发现了。飞茹的爸爸是一个很内向的男子，他报复的手段就是隐忍。飞茹从小就感觉到家里的气氛不正常，可她不知道这是为了什么，总以为是自己不乖，就拼命讨爸爸妈妈欢喜。学校组织舞蹈表演，选上了飞茹，她高兴地告诉爸爸妈妈，六一到学校看她跳舞，爸爸妈妈都答应了。过节那天，老师用胭脂给她涂了两个红蛋蛋，在她的嘴上抹了口红。当她兴高采烈回家，打算一手一个地拉着爸爸妈妈看她演出的时候，见到的是两具穿着黑衣的尸体。爸爸在水里下了毒，骗妈妈喝下，看到妈妈死了后，再把剩下的毒水都喝了。

飞茹当场就昏过去了，被人救起后，变得很少说话。从那以后，她只穿黑色的衣服，在脸上涂红胭脂，还有鲜艳欲滴的口红。飞茹靠着一袭黑衣保持着和父母的精神联系和认同，她以这样的方式，既思念着父母，又抗拒着被遗弃的命运。那一场精心准备的舞蹈，谁来欣赏？她无法挣扎而出，找不到自己存在的价值和重新生活的方向。

对飞茹的治疗，是一个极为漫长的过程，我们共同走了很远的路。终于，飞茹换下了黑色的衣服，褪去了夸张的化妆，慢慢回归到正常的状态。

分别的时候，穿着清爽的牛仔裤和洁白衬衣的飞茹对我说："那时

我们给他人更多温情和宽厚，
因为我们从患难中理解了友谊和支
援……

候，每一次舞蹈和拥抱之后，我的身心都会有一点放松。我很佩服'体会'这个词，身体里储藏着很多记忆，身体释放了，心灵也就慢慢松弛了。这一次，我和您就握手告别。"

悲伤，既是一个瞬间发生的状态，又是一个绵延已久的过程。它是任何人在失去所爱或所依附的对象时，所面临的特殊情况。悲伤的实质是"丧失"，是"丧失"以后人的情绪反应。可以想见，一个人在出生以后和死亡之间，要经历不断的失去和破灭，如果每一次都以哀伤应对，并且哀伤的时间旷日持久，久久不能自拔，那么，整个人生必然黯淡。丧失的事物多种多样。可以是人，可以是动物，可以是没有任何生命但却被人赋予了意义灌注了情感的东西。

我们正在经历哪一种悲伤

丧失的范畴，简直是天罗地网无所不包，分类也是千奇百怪。悲伤与之同生。

第一类：成长性的损失。这种损失，是任何人都几乎要经历的，你注定逃不掉。

第一条，你呱呱落地，失去母腹中的温暖安逸，开始吸入冷空气，开始号啕大哭，然后自食其力地吸入乳汁。

第二条，弟妹降生，你失去父母的高度关注，并且是唯一的关爱。

即使中国之前 30 多年的独生子女政策，使这一条在城市里的潜在影响被忽略，但从长远来看，出生次序的变化，对于一个人一生的影响是很大的。

旧时读书第一天被称为"开蒙"，就是说你以前是在混沌的蒙昧中，只有从读书开始，才渐渐开启了对世界的了解。你继续长大，不可避免地进入了青春期。从此，童年就一去不复返了。

到了青春期，强大的荷尔蒙开始汹涌澎湃地流入血液，让年轻人变得格外敏感好斗，对异性充满了好奇和好感，这是生殖繁衍的本能，也是个体获得社会认知的发轫之时。如果在这个时间段遭受到失学、失恋等等打击，或者是没有结果的单恋、暗恋，都会给年轻人带来相当惨痛的哀伤之感和长久的负面记忆。这一阶段是人生中非常脆弱和危险的时刻，因为年轻的心特别纤细敏感，但经验又比较缺乏。在我们的教育里，常常说青春是多么可爱啊，多么美丽啊，很少有人说这个阶段是多么苦痛啊，多么危险啊！歌德所写《少年维特之烦恼》就是明证。少年维特为了失恋这件事，不单烦恼，最后还自杀了。要是中老年维特，估计结局就可能平和很多，没有这般惨烈了。很多人怀念童年，就是在抵制长大。证据之一，就是胡子拉碴或是皱纹遮脸的男子和女子，还在勉为其难地自称是"我们男孩子""我们女孩子"。某次在电视里听到一位 39 岁的女士说自己是"女孩子"，有点为她害臊。不过，我愿意理解她，因为她在怀念当孩子的时光，心智尚未完全成熟。

上学这件事，我一向认为是世上诸事中较单纯的一件事。你不必自己开拓，跟在老师屁股后面走，走的都是别人走出来的康庄大道，同学间也没有根本的利害冲突。如果说人一生当中一定要找出个伊甸园，我觉得学校基本上符合标准。可惜，你不可能总是上学，就像亚当与夏娃被上帝从伊甸园赶出一样，读书的人们也一定要失去长着苹果树的学校，被抛入错综复杂险象环生的社会。

谈恋爱成功了，你就会结婚。结婚就失去了独身的自由。你加入了一个互助组，从此不得再我行我素地单干了。别以为结婚以后是幸福，幸福这张保险单，要在漫长的岁月里逐段存入，然后才能得到实惠。但丧失自由这件事，顷刻就会发生。

丧失还远远没完呢。生了孩子，就失去了二人世界的单纯和轻松，从此抚育一个生命的重担，义不容辞地放在了你还没有彻底准备好的双肩之上。你丧失了随心所欲和单打独斗的权力。从此，在你的很多闲暇时刻，你不能再说"我"，而只能说"我们"。

如果说以上我讲的主要是外在的丧失，那么随着你不可抑制地进入中年和老年，你将丧失最好的身体状态，你面临着自身机能退化和日复一日的衰老。这种丧失的察觉，是令人心碎的。且慢，还有更严峻的事态等着你呢。你要退休，失去工作。丧失工作的悲伤，不仅仅是减少了一部分收入，其实由于现阶段各种商业保险的介入，退休造成生活水准的下降，让人经济上有强烈丧失之痛的，毕竟是少数。退休造成的丧失，是你被社会主流所甩出，你丧失了单位，丧失了身份，丧失了一种价值感。

丧失还会不请自到。你将得到疾病，在得到疾病的同时，你在健康这条防线上，被逐一攻克堡垒要塞，直到全线失守。之后，一个巨大的永恒的丧失，摆到了你面前。你将死亡，失去生命。

还有一种丧失，非常严重，但我拿不准把它归入哪一个年龄段比较

相宜。这就是失去双亲。它可以在你很小的时候发生，甚至在你还没有
出生的时候就发生了；也可能在你很老的时候发生。但无论这种丧失发
生于什么时刻，它对你的影响，带给你的撕心裂肺的丧失感，都不会减轻。
我亲眼看到一位遗腹子，在 60 岁的时候，提到自己从未见过一面的父亲，
是怎样的涕泪滂沱。他觉得自己一生都没有从丧父的阴影中走出来，那
个没有见过面的父亲，主宰了他的一生……

　　以上所说的丧失，是我们每个人都几乎要经历的，你逃不掉的。假
如你不经过丧失双亲之痛，那只有一个法子，就是比你的双亲更早辞世，
让父母演出一场"老年丧子"白发人送黑发人的悲剧。

　　第二类丧失，称为"创伤性损失"。这类丧失，不是每一个人都必
定要经过的，但也绝不像想象中那样少。这类损失的时间表，覆盖了所
有人的生命过程。特点是突发和不可预测性，这样就更带来了某种不公
平感。正如古话所说：不患寡而患不均。对于财富幸运等等好事，很多
人持这种观点，对于丧失，我相信更多的人也持这种观点。所以，这种
丧失一旦发生在自己身上，就更难以接纳，会让你在与他人的比较当中，
更多地感受到不公平，也就更生痛楚。比如天灾人祸。战争、事故、车
祸、火灾、水患、地震、遗弃、强奸、性侵犯、夫妻分居、离婚、流产、
残疾婴孩……

　　第三类丧失，即为"预期性损失"。有一些损失尚未发生，有些人
已经把它预期在内了，这就是预期性损失，会给人带来预期性的悲伤。
例如：得知亲人身患重病，虽然死亡的威胁并非迫在眉睫，但足以让他
的亲人产生深深的丧失恐惧。2009 年经济危机席卷全球，虽然自己的企

业还没有裁员的计划，但某些人感到了丧失的威胁，已经寝食无安了。有一个女子怀孕后，天天害怕生一个畸形的怪胎，结果是忧虑过度，提前早产。孩子倒是没有异常，但体质极弱。这就是预期性的丧失带来的恶果。

那些时间不能治愈的伤

◇　　◇　　◇　　◇

缝合受伤的心

　　我开心理诊所的时候，曾经遇到过一位年龄很小的咨询者，他说自己的问题就是想要把妈妈杀掉。我吓了一大跳，看他白白净净营养良好的模样，不像是受了什么虐待，不知道他为什么如此恨自己的母亲？他说出的理由很简单，就是妈妈特别爱搬家。每一次搬家，都是妈妈的主意。不是嫌房子太小了，就是嫌周围环境不够高尚，最后是买别墅……反正爸爸拗不过妈妈，每一回都遵从了妈妈的意见。房子是越来越好了，小男孩也有了自己的卧房，游戏室，还有专门的书房……

　　可这个清秀的小男孩说，每一次搬家，我都要转学。我根本就没有朋友，因为还没等到交上朋友，我就又搬走了。妈妈搬家，从来没有征求过我的意见。在妈妈的眼里，我就不是人，就没有自己的想法。我不想要大房子，不想要书房游戏室，我只想要我的朋友。现在妈妈又要筹划着搬家了，能阻止搬家的唯一方法，就是杀掉妈妈……

　　人类已经有过几千年的悲伤历史，但是从来没有像今天这样，复杂多变而又匆忙掩盖。在追求幸福的道路上，要做一个有心人，要有意识地处理悲伤。悲伤就像疾病，破碎的心需要缝合。精神医生干脆认为：人因为失去所爱所形成的心理创伤，其严重程度，相当于一个烧伤的人所承受的创痛。

　　我们常常会说，等待时间吧，时间可以治愈一切。但时间并不能解决所有的问题，没有处理过的悲伤，就像用冰雪掩埋的尸体，一旦表面的冰雪被风暴吹走或是消融，尸体就会重新栩栩如生地显现，打我们一个措手不及。

从悲伤中学习

　　面对过度的悲伤，很多人通常采取的方式，第一阶段就是逃避。当事人会说：你不要和我讲这件事情。我不听。我什么也不想知道。处在这个阶段的人，很容易进入失控的状态，甚至不能照料自己，无法完成最基本的生活责任。要不就歇斯底里大发作，把自己全然封闭起来。不和任何的人通信息，谁的话也听不进去……我们有时会在失恋的人身上看到这个阶段很漫长，当事人久久沉浸其中，不修边幅，神情恍惚精神萎靡，茶不思饭不想，严重的也可一命呜呼。比如《牡丹亭》里的杜丽娘，失却了梦中情人，干脆就断了性命。以上这些阶段，视每个人的情况不同和丧失的严重性不同，可能会持续数小时、数日、数周到数月不等，身体上出现的相应症状有：麻木、瘫痪、呼吸急促、心跳加快、肌肉紧张、出汗、口干、失眠、对声音非常敏感等等。比如贾宝玉听到林黛玉的死讯，先是放声痛哭，紧接着就昏厥过去，神游幻境。当一切幻想都在现实面前碰得粉碎，当不得不面对现实的时候，很多人纠缠在一个痛苦的漩涡中：为什么倒霉的偏偏是我？为什么祸事恰恰轮到我们头上！还有的人表现出孤苦无依的退缩。世界渐行渐远，整个世界都似乎与自己为敌。就算没有为敌，也是死寂的忘却。当事人觉得自己没有朋友，得不到帮助，自叹命苦，孤苦无依，恨不能变成一粒灰尘，逃遁现实。

　　应对过度悲伤还有一种常见并且猛烈的情感（也是第二阶段），就是愤怒。一定要找出对这些祸事负责任的人。把愤怒指向有关者，比如上级、国家、医护人员、做出该决定者、亲友，或是自己。例如：失业者认为是上司砸了自己的饭碗，或者是被同事陷害。遭遇天灾的人认为老天不公。亲人逝世，认为是医务人员没有尽到责任，无能误诊，抢救不及时。房倒屋塌、质量事故、矿井安全事故等等，认为是国家制度不严密和领导的渎职。亲人病逝，活着的人会陷入强烈的自我谴责，觉得自己如果能早些发现病情，有更多的防范措施，也许就会避免最终的丧失。他们把怒火烧向自己，恨不能同归于尽。焦虑是过度悲伤时第三阶段出现的负面情绪。哀伤者会不断地追忆以往，希望时间能够倒流，一切都可弥补，进而出现失眠、食欲丧失、心口痛、眩晕、胃肠不适等等生理反应。忧伤与思念更是必不可少的哀伤环节。他们的记忆会不断地闪回，细致地回顾往事的所有细节。哀伤者会一遍又一遍地述说，直到所有的人都厌

　　人是有感情的动物，这种痛彻
心扉的疼痛，正是我们的生命蓬勃
存在的标志，正是我们的情感深重
生生不息的具体体现。

烦，自己却全然不知。或者走向另外一个极端，缄口不语，什么话也不说，僵硬孤僻。要不就是注意力分散，固着在这一件事上，思考不清晰或欠缺连贯性，难以集中精神，记忆力严重衰退。

特别是在一些特殊的日子，比如周年纪念日，或是相同的季节、某个突如其来的相似情境出现，看到了寄托感情的旧物件，或某处风景……这种倒退几乎是必然的，不必惊慌。也不必害怕再次陷入悲伤之中无法自拔。人是有感情的动物，这种痛彻心扉的疼痛，正是我们的生命蓬勃存在的标志，正是我们的情感生生不息的具体体现。如果我们彻底将逝者遗忘，那也许正说明他不值得我们永久地惦念。所有的"旧病复发"，你都不必紧张。只要不是一直停滞不前，就可以理解为自然和正常的。

这一阶段会不会彻底结束呢？我觉得不必苛求。它已经融入我们的生活，成为我们经历的宝贵部分。对于有些人来说，"哀悼永远不会结束，只是随着逝去的岁月减轻"。也许有人会说，那么什么时候才能证明悲伤告一段落了呢？有一个明确的指标，那就是当事人又有能力重新热爱生活了。

在这里，我想转赠给朋友们一首小诗。我将它记在本子上，却忘记记下作者的名字。

> 唯有逃避爱的人，
>
> 才能逃避悲伤。
>
> 可贵的是从悲伤中学习，
>
> 并抱有因爱而脆弱的心。

就拿父母去世这件事来说，在中国古代，称为"丁忧"。据《尔雅·释诂》："丁，当也。"是遭逢、遇到的意思。据《尚书·说命上》："忧，居丧也。"所以，古代的"丁忧"，就是遭逢居丧的意思。遭逢居丧，做儿女的会忧伤，要遵循一定的民俗和规定"守制"。那么，这个时间是多久呢？丁忧期限三年，停止一切娱乐活动，不做官，不嫁娶，不赴宴，不应考。西汉时规定在朝廷供职人员丁忧(离职)三年，至东汉时，丁忧制度已盛行。此后历代均有规定，且品官丁忧，若匿而不报，一经查出，将受到惩处。但朝廷根据需要，不允许在职官员丁忧守制，或有的守制未满，而应朝廷之召出来应职者，称"夺情"。武将丁忧不解除官职，而是给假100天，大祥、小祥、卒哭等忌日另给假日。

"夺情"这个词用得很妙。如果没有守孝期满，就硬被要求出来工作，那在情感上，就是一种严重的剥夺。为什么要守孝三年呢？我想，除了给失去了父母的子女一个情感上的恢复期，一个缓冲的机会，一个悼念的空间，也是为了工作需要。试想一个神魂颠倒茶饭不思精神恍惚的悲伤之人，要处理繁杂的公务，要经历人生百态，那是何等煎熬！从民生计，当官的人需日理万机。那种脑力劳动的强度，精神壮硕的人都需抖擞起来全力以赴方能应对，守丧的人是某种程度的暂时的"精神残疾"，勉力为之，易出纰漏。如此一来当然是安抚为上，规避为好。这对丧子是关怀，对民生是体恤。至于以后演化成三年之内，要吃、住、睡在父母坟前，不喝酒、不洗澡、不剃头、不更衣，就有点过分了。不知道是不是用这种类似体罚的法子，让再虔诚的孝子，也对这种生活感到厌倦，最后生出脱离这种氛围的私念。假如想用这种方法，让人摆脱哀伤，也算是以毒攻毒了。

孔子的学生宰我曾跟孔子讨论过三年之丧的问题，孔夫子说，如果心安就可以不守三年之孝。什么叫"心安"呢？我的理解就是接受父母失去这样一个事实。你想啊，时刻看着父母的坟头，你无法再否认这个事实。最后你必然要接受这个事实，承认这是一个普遍规律。这样，你就有了恢复的基础。"丁忧"作为一种古老的习俗，一种强有力的伦理通则，一种制度和一种文化符号，在中国存在和沿袭了数千年。它自有其中的道理，不可小觑。

在现今急速变化的时代里，人们所面临的失落，其实远比以往的社会要复杂得多，也没有更从容的时间来处理悲伤。比如我们破除了"丁忧"，现在的丧假从 3 年缩减到 3 天，只有过去哀悼时间的 365 分之一，这是不是也太少了？现在我们的劳动力过剩，是不是可以将这个丧假的时间适当延长，给丧失父母的子女以更多休养生息的时间呢？不然的话，很多人根本来不及处理这类极大的创伤，就必须要回到灯红酒绿的紧张节奏中，会感觉非常孤独。他们没有法子融入他人的快乐中，郁郁寡欢。

我相信在很多人心里，都埋藏着一些未被处理的悲伤。有时候，单一的哀伤或许还可以排解和抵挡，但是，哀伤是可以累积的。只要没有被彻底清除的哀伤，就是一块埋藏的弹片。累计起来的悲伤，互相感染和纠结，最后，也许在一个猝不及防的瞬间，一个小小的丧失，就成为压倒了骆驼的最后一根稻草。再加上潜伏在个人性格和家庭事业中的困扰，一旦爆发，就会引发严重的精神心理障碍。

真正的幸福是知道何时翻篇

> < < ◇

走出黑暗巷道

她小的时候，家住在一个小镇，是一个很活泼好胜的孩子。一天傍晚，妈妈叫她去买酱油，在回家的路上，她被一个流浪汉强暴了。妈妈领着她报了警，流浪汉被抓获。小镇的人对这种事，有着经久不衰的记忆和口口相传的热情。女孩在人们炯炯的目光中渐渐长大。那个男人在侮辱她的过程中，说过一句话："我的东西种到你身上了，从此无论你在哪儿，我都能把你找到。"她原以为时间的冲刷，可以让这种味道渐渐稀薄，没想到随着年龄的增大，那味道越来越浓烈了。她断定世上的人，都有比猎狗还敏锐的鼻子，都能侦查出这股味道。于是她每天都哭，要求全家搬走。父母终于下了大决心，离开了祖辈的故居，远走他乡。

女孩儿缓缓恢复过来，在一个没有人知道她的过去的地方，生命力振作了，鼻子也不那么灵敏了。在外人的眼里，她不再有显著的异常，除了特别爱洗脸和洗澡。无论天气多么冷，女孩儿从不间断地擦洗自己。她考上了中专，在那所人生地不熟的学校里，她人缘不错，只是依旧爱洗澡。哪怕只剩吃晚饭的钱了，宁可饿着肚子，也要买一块味道浓郁的香皂，把全身打出无数泡沫。童年的阴影无法抑制青春的活力，她基本上变成了一个和旁人一样的姑娘了。

这时候，一个小伙子走来，对她说了一句话："我喜欢你，喜欢你身上的味道。"她吓得半死，还是清醒地意识到，爱情并没有嫌弃她。她执着而痛苦地开始爱了，最显著的变化是更频繁地洗澡。

一切顺利而艰难地向前发展着。一天，女孩在操场上走的时候，她听到了熟悉的乡音，像被雷电击中，肝胆俱碎。从她原来的小镇，来了一个新生。无论她装出怎样的健忘，那个女孩子还是很快地认出了她。

她很害怕，预感到一种惨痛的遭遇，像刮过战场的风一样，把血腥气带了来。果然没多久，关于她幼年时代的故事，就在学校传得沸沸扬扬。她的男朋友找到她，问，那可是真的？

她很绝望，红着眼睛，狠狠地说，是真的，怎么样？

那个小伙子也不含糊地说，就算是真的，我也还爱你。

于是他们同仇敌忾，决定教训一下那个饶舌的女孩。

那个女孩甚至很放肆地盯着爱洗澡的女孩说，你难道能说那不是一个事实吗？

爱洗澡的女孩突然就闻到了当年那个流浪汉的味道，她觉得那个流浪汉一定是附在这个女孩身上，千方百计地找到她，要把她千辛万苦得到的幸福夺走。积攒多年的怒火狂烧起来，她扑上去，撕那饶舌女孩的嘴巴，一边对男友大吼说，咱们把她打死吧！

那男孩巨蟹般的双手，就掐住了新生的脖子。

没想到人怎么那么不经掐，好像一朵小喇叭花，没怎么使劲，就断了。热恋中的这对凶手惊慌失措。他们看了看刚才还穷凶极恶、现在已了无声息的传闲话者，不知道下一步该怎么动作。

咱们跑吧，跑到天涯海角。跑到跑不动的时候，就一道死。他们几乎是同时这样说。

他们就让尸体躺在发生争执的小河边，甚至没有丝毫掩饰。他们总觉得也许她会醒过来。他们匆忙带上一点积蓄蹿上火车，不敢走大路，就漫无目的地奔向荒野小道，对外就说两人是旅游结婚。钱很快就花光了，他们来到云南一个叫"情人崖"的深山里，打算手牵着手，从悬崖上跳下去。

最后，不知是谁说的，反正都是一死，与其我们死在别处，不如就死在家里吧。

他们刚一回到家，就被逮捕了。

她对着我说完了一切，然后问我，你能闻到我身上的怪味吗？

我说，我只闻到你身上有一种很好闻的栀子花味。

她惨淡地笑了，说，这是一种很特别的香皂，但味道不持久。我说的不是这种味道，是另外的——就是——你明白我说的是什么——闻到了吗？

我很肯定地回答她，除了栀子花的味道，我没闻到任何其他的味道。

她似信非信地看着我，沉默不语。我看着她，心中充满哀伤。一个女孩子，幼年的时候就遭受生理和心理的创伤，又在社会的冷落中屈辱地生活。她的心理畸形发展，暴徒的一句妄谈，居然像咒语一般，控制着她的思想和行为。她慢慢长大，好不容易恢复了一点做人的尊严，找到了一个爱自己的男孩，又因为这种黑暗的笼罩，不但把自己推入深渊，而且让自己所爱的人走进地狱。

我们每个人都有一部精神的记录，藏在心灵的多宝格内。关于那些最隐秘的伤疤，除了我们自己，没有人知道它陈旧的纸页上滴下多少血泪。不要祈求它会自然而然地消失，那只是一厢情愿的神话。

身上的伤口可能会自然地长好，但心灵的创伤，自己修复的可能性很小。我们能依赖的只有中性的时间。但有些创伤虽被时间轻轻地掩埋，表面上暂时看不出来，但在深处，仍然存在深深的伤疤。一旦风云突变，那伤痕就剧烈地发作起来，敲骨吸髓地痛楚起来。

重新揭开记忆疗伤，是一件需要勇气和毅力的事情。所以有些人宁可自欺欺人地糊涂着，也不愿清醒地焚毁自己的心理垃圾。但那些鬼祟也许会在某一个意想不到的瞬间，幻化成形，牵引我们步入歧途。

我们要关怀自己的心理健康，保护它，医治它，强壮它，而不是压迫它，掩盖它，蒙蔽它。只有正视伤痛，我们的心，才会清醒有力。

哀伤是生命历史的一部分

一个沉浸在丧失痛苦中的人，应该采取怎样的方法，才能更快地从这种特殊的"烧伤"中走出来，重享幸福的甘露呢？有这么几个方法，

身上的伤口可能会自然地长好，但心灵的创伤，自己修复的可能性很小。我们能依赖的只有中性的时间。

可以试一试。

1. 首先是放下幻想，接受现实，不再有不合实际的幻想，不再自欺欺人。

这是一切康复的基础。比如，切切实实地认识到：死去就是一去不复返。不要总觉得逝者只是出远门了，还有一天会回来；失业了，就不要再寄托期盼，总觉得某一天还会被召唤，还会回到原单位上班；失恋了，就学会放下，不要做梦都想着回到从前；离婚了，就明确地告诉自己，旧的生活结束了，不会再破镜重圆。

在不得不面对现实的决心下定之后，你一定会品尝痛苦。不要畏惧痛苦，要给自己时间，体验这种丧失的痛苦。这是必不可少的环节。任何希图不去感觉、断绝感觉、逃避痛苦的想法，都只是拖延了感受痛苦的时间，让痛苦变得更加鲜明和尖锐，而让自己更加虚弱和被动。

记住，你可以在任何时候任何地点放声痛哭。可以把这种痛苦用文字表述出来，可以向最好的朋友倾诉。有人担心自己在公开场合或者当着别人的面哭泣，是一种不体面的行为，会成为别人的负担，会显得不够坚强，甚至丧失男子汉的尊严。这些都是不尊重自己的想法。

2. 其次要破除几个不恰当的观念。

比如，男子汉不能哭泣。我们在路上常常可以看到这样的情形，一个小男孩摔倒了，嘴角咧着刚想哭，妈妈走过来说，勇敢点，不要哭！你是个小小的男子汉呢！小男孩就抽噎着，把眼泪憋在眼眶里了。

中国人有"男儿有泪不轻弹"的说法，其实它也包含着男儿也是可以有泪的，可以哭泣的意思，只是要有充分的理由。有一句话，叫作"走自己的路，让别人说去吧"，在这里稍稍改动一下，叫作"流自己的泪，让别人说去吧！"

同时，也要尊重眼泪。不要从小就不让孩子哭，把哭泣和软弱画上等号。你可以一边哭，一边坚强。

倾诉也是非常重要的。独自哭泣和沉思固然在哀伤中必不可少，而当着他人的落泪和述说，对释放心灵的重压，有着异乎寻常的疗效。其中的道理，科学家们到现在也没有完全阐释清楚，也许又和神秘的内啡肽有着千丝万缕的联系。总之，你要学会倾诉。不过，仅有眼泪是不够的，还要有升华，要在述说中不断有所解脱和提高。

只是不能随便找到个人就倾诉，要讲究方式方法，也要注重地点场合。倾倒苦水，如果对方不理解，来个冷面相对，也许会让原本就滴血的心受到更深的鞭笞。这就要建设起自己的支持系统。

3. 做一个好的倾听者。

有人要倾诉，有人就要倾听。在我们的一生中，表达的时候很可能没有倾听的时候多。那么，好的倾听者有什么需要注意的地方呢？

没有什么固定的模式和规定的时间，来约束人们表达悲伤。就像我们不能规定人一天之内微笑多少次是相宜的，我们也无法规定丧失的悲伤应该怎样表达才是适当的。只有透彻地表达了丧失之痛，如同发麻疹，疹子出透了，才能比较有效地排解悲伤，比较快地复原。

在这种时候，任何不恰当的比较，都会干扰悲伤的过程。作为一个倾听者，有些话是不合适的。让我举几个例子。比如，不要说："你看人家×××，比你还惨呢，现在不是好好的吗？"因为哀伤是不能比较的。

再比如，不要对丧失了孩子的父母说："你还年轻，还可以再生一个孩子嘛。"因为每一个孩子都是唯一的，是不能替代的。你这样说了，本意是好的，甚至将来这对夫妇正是依靠这个方法，走出悲哀，正视自己的责任。但在悲痛宣泄的过程中，你不能这样说。

面对失恋而痛不欲生的人，我们最常用的开导之词就是："嗨！你吹了的那个对象有什么了不起的？！我们早就看出她（或他）不怎么样了！不要这么无精打采的，这事就包在我们身上了。咱发动群众，一定给你介绍一个新的更好的，保证比这个人强！"

要知道，那些为失恋而垂头丧气，耿耿于怀的人，其实绝大多数并不是怀疑自己找不到对象了，而是陷入了强烈的疑惑和自卑中。他们会觉得这是人生的一次失败，是自己不够完美，是冥冥之中受到了命运的捉弄。

面对失业的人，不要说："这份工作丢了就丢了，咱们再找更好的。反正你也不会马上饿死，不值得这么痛苦。塞翁失马，焉知非福？旧的不去，新的不来嘛！"当事人的闷闷不乐，并不只是局限在金钱和生活方面，而是觉得失业有损于尊严。

上面列举的那种劝解，简直就是给感冒头疼的病人开了止泻的药，完全不对路子。当悲伤没有宣泄的时候，这些话于事无补，有的时候还适得其反。

在走过了面对真实和宣泄情绪之后，我们就向新生迈进了。我们除了要适应变化了的环境，学会在新的环境里生存下来之外，还要为悲伤在自己心里找到一个安放的位置，并向它友好地就此道别。

4. 不要让悲伤"慢性化"。

悲伤慢性化，可能有以下的表现：在以后的生活中，看似无关的小事情，却可引发强烈的悲伤反应。在这方面，人也像狗一样，会不自觉地去舔自己的伤口。每当触及类似的话题，就赶快躲避，害怕触景伤情。生活中开始出现很多的禁忌，只要不小心碰触了，就会长久地陷入回忆中，难以自拔等等。

不要把悲伤的骨骸永远存放在记忆的衣橱里，一打开柜门就散落一地，发出莹莹闪光。心里的安静，也要渐次完成。哀伤不必强求马上消失，只是成为我们历史的一部分。

那些有伤的年轻人

1."忘却是神的恩典。"列出几种你尝试过的走出悲伤的好方法。

2.给你的伤痛写一封信，让眼泪流出来，然后重新开始。

从蛹到蝶，从蚕到蛾，从矿石到金属，从少年到成人。

辑七　从容

PART 7

毕淑敏说:

慢些，再慢些，等等你的灵魂。

我第一次到兵站吃饭，盛馒头的竹筐刚端上来，人们就饿虎扑食般地围过去，用筷子一扎若干馒头，仿佛巨大的白色糖葫芦串，举着跑到一旁，忙不迭地狼吞虎咽。我未及动手，筐已见底。

本以为带兵的老同志会提出批评，没想到他笑眯眯地一个劲地说，好！我说，好什么呀，我还没吃就没了。老同志语重心长地说，你要上去抢啊！革命不是请客吃饭，就是要有拼抢精神。记住，能吃才能干！能吃才不怕死！

后来，我也学会了抢着吃饭。一来不抢就吃不上饭，二来部队有句谚语，叫做"吃饭不积极，思想有问题"。

我转业回北京后，担当卫生所所长，官虽极小，事却极多。那时又开始业余文学创作，能够利用的空当，只能是休息和吃饭时间，必然被挤压。在我的影响下，孩子吃饭的速度也很快。

我儿子有一次对我提意见，说我没有教他慢慢地吃饭，从小到大，丧失了品尝很多美味的时刻。我觉得他说得很有道理。检讨这一生，我快速吃饭的时间，大约占了百分之八十以上的吃饭史。后来，我有意识地减慢吃饭的速度。这才发现，慢慢吃饭，就像慢慢行船一样，可以看到更多风景，也可以感受到更多的美好滋味。

把一个红枣囫囵吞下，第一口碰到的就是核儿。如果慢慢品尝，会有温润甘甜的清香长留齿间。推而广之，只有专注于此刻，你才能品味出这个时刻独有的韵味。

人们常常爱说"向前看"，其实最重要的时刻，不是以前，也不是以后，而是"当下"。"当下"就是此时此刻你能感觉到的温度，你能体验到的味道，你能发出的声音，你能行走的路程，你所思考的问题，你所做出的决定，生命就是由无数个当下组成的。

当下不是"立刻"，而是"正在"：我们正在做的一切，就是我们生命的有机组成部分。不要忽视一个个"正在"，无数个"正在"的经纬编织起来，人生就成了一匹锦缎。每一根丝线都结实而鲜艳，锦缎就熠熠生辉。

好好度过了每一个当下，你就把握了人生。

放松，才能实现完美

◇　◇　◇　◇

像烟灰一样松散

近年结识了一位警察朋友，好枪法。不单单在射击场上百发百中，更在解救人质的现场，次次百步穿杨。当然了，这个"杨"不是杨树的杨，而是匪徒的代称。

我向他请教射击的要领。他说，很简单，就是极端的平静。我说这个要领所有打枪的人都知道，可是做不到。他说，记住，你要像烟灰一样松散。只有放松，全部潜在的能量才会释放出来，协同你达到完美。

他的话我似懂非懂，但从此我开始注意以前忽略了的烟灰。烟灰，尤其是那些优质香烟燃烧后的烟灰，非常松散，几乎没有重量和形状，真一个大象无形。它们懒洋洋地趴在那里，好像在冬眠。其实，在烟灰的内部，栖息着高度警觉和机敏的鸟群，任何一阵微风掠过，哪怕只是极轻微的叹息，它们都会不失时机地腾空而起驭风而行。它们的力量来自放松，来自一种飘扬的本能。

　　松散的反面是紧张。几乎每个人都有过由于紧张而惨败的经历。比如，考试的时候，全身肌肉僵直，心跳得好像无数个小炸弹在身体的深浅部位依次爆破。手指发抖头冒虚汗，原本记得滚瓜烂熟的知识，改头换面潜藏起来，原本泾渭分明的答案变得似是而非，泥鳅一样滑走……面试的时候，要么扭扭捏捏不够大方，无法表现自己的真实实力，要么口若悬河躁动不安，拿捏不准问题的实质，只得用不停的述说掩饰自己的紧张，适得其反……相信每个人都储存了一大堆这类不堪回首的往事。在最危急的时刻能保持极端的放松，不是一种技术，而是一种修养，是一种长期潜移默化修炼提升的结果。我们常说，某人胜就胜在心理上，或是说某人败就败在心理上。这其中的差池不是指在理性上，而是这种心灵张弛的韧性上。

　　没事的时候看看烟灰吧。它们曾经是火焰，燃烧过，沸腾过，但它们此刻安静了。它们毫不张扬地聚精会神地等待着下一次的乘风而起，携带着全部的能量，抵达阳光能到的任何地方。

生于忧患

　　我们原本就生活在一个危机四伏的世界里，到处都充满了诱惑和挑战。你想完全避免焦虑，那是不可能的。不过焦虑要适度，要让它处于恰到好处的状态中。所以，咱们现在把焦虑分为适当的和不适当的两部分。

它们毫不张扬地聚精会神地等待着下一次的乘风而起，携带着全部的能量，抵达阳光能到的任何地方。

什么叫适当的焦虑呢？比如你横穿马路时，车辆川流不息，恰好又逢夜晚，灯光昏暗，很可能有人吃完了饭，喝了点酒，处于醉酒驾车的状态里。这种时候，你就要有高度的警觉。你除了要选择人行横道过马路之外，还要眼观六路，耳听八方，最好选在百米之内都没有车辆将要驶过的时分再开步走。也不要过分相信红绿灯，有些无良的司机会闯红灯。固然，如果出了事故，他们要负全责，但你付出的将是鲜血和生命的代价，惨重的损失将无法挽回。试想一下，如果你在这种状态中，没有适当的焦虑感，大大咧咧松弛懈怠，是不是会很危险呢？那么，平安过了马路之后，回到家里，就要放松。如果你在家里也像过马路那样紧张，没有办法轻松得像一团丝绵，蓬松轻快，直到躺在枕头上，还不断思考过马路的策略，竖着耳朵警觉万分，那么长久下来，你不但没有法子享受生活的乐趣，身心都会出毛病。

担忧、害怕和焦虑，是人类进化中的礼物。它能激励我们做好应对野兽和暴风雨等灾害的准备。甚至可以这样说，从远古以来，那些完全无忧无虑的人，都被淘汰了，因为他们没有法子在严酷的自然环境和人际关系中生存，我们都是那些懂得忧患的人的后代。

我们每日遭逢焦虑的原因多种多样，通常并不单一，有的瞬息而过，有的持续存在。焦虑一旦出现，就等于向机体下了一道战书。机体为了处理这个局面，马上进入了一种特殊的状态，在医学上，就叫做"应激"。

什么叫做"应激"呢？从字面上讲，就是应对刺激。举个通俗点的例子，某个地方着火了，大家赶紧打"119"，救火车拉着响笛一路呼啸着赶过来了，这就是应激。应激反应在短时间内所引起的机体变化，对我们是有利的，它能为人们应对危机提供更多的资源，更强的力量，让你可以集中注意力解决困难，变得更敏捷且反应更快，胜算更高。

一般说来，机体在应激过程中会经历以下三个阶段：

第一个阶段：战斗或是逃跑。在这个阶段中，人的机体觉察到潜在的危险，全身总动员，产生强大的能量，要么击退威胁，要么逃离危险。

第二个阶段：抵抗期。战斗或是逃跑的决定一旦做出来之后，马上要实施。机体进入更持久的紧张状态。搏斗要英勇善战，力求取得胜利；逃跑要审时度势，跑得快逃得远。这个阶段神经系统会分泌多种激素，有如快马加鞭，敦促机体迸发出高昂的热情和超常的体能。像力拔千钧、急中生智以及常说的"当时也不知道从哪里来了那么大的一股劲儿……"等等，说的都是这种极端状态下身体亢奋产生超出常态的能量。

第三阶段就是衰竭期了。在这个阶段，犹如气球撒了气，整个身体进入疲惫状态，精神放松，呼吸减缓，肌肉舒张，心跳复原，机体缓缓自行进行修复。

四重人格的从容应对机制

◇　◇　◇　◇

凹陷的地面上满是焦虑

20世纪60年代，美国心脏病专家迈耶·弗雷德曼博士，在自己的诊所里发现了一个奇怪的情况，那就是在候诊区的地面上，有一些奇怪的凹陷。它们成双成对地出现，彼此间相隔的距离大约和椅子等宽。这些凹陷是怎么形成的呢？经过仔细观察，弗雷德曼博士发现原来是来就诊的冠心病患者，制造了这些地面上的凹陷。他们所坐的椅子后腿，就在那些凹陷之上。

大批身患冠心病的患者，慕名到弗雷德曼博士的诊所看病。因为来的人多，就需要等候。患者们心情都很急躁，不停地抱怨候诊的时间太长，往往把椅子两条前腿翘起来，以椅子后腿作为支撑，并把自己的双腿交叉起来，不断地摇动或转动着椅子，直到护士叫到他的名字为止。就这样，日复一日年复一年，许多冠心病人急躁摇晃的结果，就是地面形成了凹陷。

在观察研究了大量这类行为之后，弗雷德曼博士在 1987 年用 4 个单词来概括其特性：易恼火、激动、发怒和急躁。这 4 个单词中有两个都以字母 A 开头，于是"A 型性格"这一概念从此出现。具有这种性格的人，雄心很大，有进取心，时间观念特别强，整天闲不住，但易急躁，对人不信任，人际关系不融洽。

弗里德曼等人经过长达 20 年的观察研究，发现 A 型性格的人患冠心病的几率是 B 型性格的 1.7-4.5 倍。后来，医学研究有统计表明，85% 的心血管疾病与 A 型性格有关。A 型性格的人同时也更容易得偏头痛、溃疡和结肠综合征。A 型性格的人，常常为自己制定过高的要求和目标，一旦他们不能达到这些高目标时，会因出错而责怪自己，可能导致粗心甚至自毁行为的发生。这还不算，A 型性格的男性，出现事故的几率比 B 型性格的男性多 3.5 倍，甚至更易于骨折和离婚。

A 型性格的人是紧张焦虑的高发分子

A 型性格的主要表现为：

1. 运动、走路和吃饭的节奏很快

2. 对很多事情的进展速度常常感到不耐烦

3. 总是试图同时做两件以上的事情

4. 无法安然享受休闲时光

5. 着迷于数字，他们的成功是以每件事情中自己获益多少来衡量的

A 型性格的两个最大的特点是：

具有较强的竞争性。对胜利的喜悦和对失败的厌恶是他们的不二法门。在工作上、游戏中、家庭里，甚至对自己的身体，他们都抱有竞争的态度。自己得了病，也会很懊恼，觉得身体背叛了他，太不争气了。

如果你在一个具有 A 型性格的老板手下工作，那么，他会不断用无形的鞭子驱赶着你，让你没有喘气的机会。一个目标刚刚达成，他马上就又提出了更高的目标，永无止境。

缺乏耐性。任何的拖延或中断都将使之发怒，他却完全不顾及"己所不欲，勿施于人"的原则，很爱打断别人，告诉别人一个更好、更快的做事方法。他会抢别人未说完的话，说"我来补充一点"，其实十点八点也说不定。他会一次又一次地不停按电梯按钮，其实他也知道这样并不能让它走快一点。他会不断地看手表、看时钟以注意时间。

他不仅把自己的行程排得满满的，而且也想让普天下的人都照着做。他的大脑似乎有几套系统在同时运作，经常能在同一段时间内做许多不同的事情。比如他一边看电脑，一边听广播，居然还与别人通电话，并同时向进入办公室的人点头打招呼。他们对于自己的大脑记忆、睡眠时间，甚至消化功能都有极端的要求。我曾经认识一位女子，她如果某顿饭吃多了，就要求自己的胃和肠道不吸收，命令它们腹泻。如果胃肠道不配合，她没有出现腹泻，就会很生气，马上吃大量的泻药，强迫身体出现腹泻……那一刻，我毛骨悚然。她在如何对待身体上，可以说是一个暴君。

A 型性格的人通常非常好斗，如果受到挑战，会立刻产生敌对情绪，希望在较短的时间内，取得更大的成就。因此，他们常常会得到社会的表扬和物质的回报，对工作过分投入。

他们说话是简略的，言简意赅，就像在惜墨如金地打电报。爱发出紧张短促的笑声。

他们巴不得学会世界上所有的事情。

他们的幽默感常常是建立在损伤别人的利益的基础上。

他们说话的时候，是以自我为中心，会使用大量的"我的""我以为"等等字样。

别人的迟钝和犹豫不决，会使他们极端不高兴，如果别人说话太慢，他们会帮着别人把话说完。会使劲冲着别的司机按喇叭，却不喜欢别人这样做。

他们常常会乐意参加一些压力很大的活动，并热衷于增加周围环境的压力。

他们没有耐心，做什么事情都很快，比如吃饭、走路。否认疲劳。认为睡眠是一种浪费。

B、D 型性格的心理特征与自我调节

B 型性格的特点：

他们更平静，更容易相处，认识不到任何时间紧迫的事儿。他们参加比赛是为了获得快乐，并不一定要获胜。他们说话速度慢，语调比较单一，他们爱聊天，善于闲谈，可以很容易被大家理解，他们态度温和，

不会提高他们的声音，有发自内心的笑声。

他们不会同时做几件事情。

他们懂得自嘲。

他们的目标是做值得做的事情，而不是为了占有。

他们比较有耐心。

他们珍惜闲暇的时间，会有效地利用这段时间。

他们通常效率更高，善于授权给别人。

他们同样能取得成功。

B 型性格之后，咱们再来谈谈 D 型性格：

D 型性格的人是孤僻型，往往沉默寡言，待人冷淡，缺乏自信心，有不安全感，性格孤僻，爱独处，不合群，情感消极，忧伤，容易烦躁不安。

2005 年，荷兰的研究人员对刚接受过心脏支架手术的近 900 名冠心病人进行调查后发现，D 型性格的病人，在接受手术后的 6 至 9 个月内，心脏病再次发作或因发作导致死亡的人数，是其他人的 4 倍。

C 型性格的人是癌症的高发分子

什么叫 C 型性格呢？

C 型性格是在 20 世纪 80 年代由德国心理学家首先提出的。他们认为，C 型行为的主要特征为：童年阴影形成性格压抑，如幼年丧失父母，

其实，不必跑那么远的地方，就在我们周围，有无数好风光，被我们匆匆的脚步和空洞的目光所忽略。

缺乏双亲的抚爱。行为特征表现为过分合作，过分忍耐，回避矛盾，自
生闷气，过分焦虑，忍气吞声，逆来顺受，往往过度克制自己，压抑自
己的悲伤、愤怒、苦闷等情绪。这类人往往属于人们口中的"大好人"，
与世无争。这种人在遇到挫折时，其实内心并不是无怒无恨，只不过强
行对它们进行压制罢了。

　　这么一说，有的人可能就紧张起来了：我是不是个 C 型性格的人呢？
这里有 10 道小题目，可以试着答一答。

　　1. 你是不是很难公开地表达自己的情绪？内心总是伴随着难以解脱
的压力？心情紧张焦虑？

　　2. 你怕面对人群吗？是不是很怕自己被伤害，谨言慎行？表面上小
心翼翼，沉默寡言，态度温和，内心却十分压抑，挣扎痛苦？

　　3. 当你有一件事没有成功时，常常自咎，懊悔不已。你也许很有才华，
对自己和对他人的期望值很高。内在的求全和好胜心很强。

　　4. 你会对有创新的计划都心怀怯意，容易秉持悲观态度，是个完美
主义者，极其惧怕失败吗？

　　5. 你会患病不肯求医，一味坚持隐忍吗？当发觉自己有可能患病时，
会一拖再拖，并拒绝告诉家人？

　　6. 当你觉得自己不如别人时，常常会很沮丧，甚至极度不安吗？你
有很深的不安全感，会常常怀疑别人捉弄自己吗？

　　7. 当你心情懊恼和不愉快的时候，会强颜欢笑，喜怒不溢于言表吗？
当气候变换、亲人离散的时候，你的情绪容易波动和抑郁吗？

8.你的人际关系怎么样呢？是不是没有很密切的人际关系，并且认为不把心事向人倾诉是强人的表现，因此沉默寡言呢？

9.你会常常舍弃自己的爱好，委曲求全顺应现实吗？你是不是认为无力改善现状呢？

10.当你的情绪不佳时，是不是很难向人倾诉自己的心声，不知道如何开口？并认为这是软弱无能的表现，任凭激烈的内心冲突折磨自己，却装作没事人一样，不善表露。

如果上面这10道小题目中，你答"是"的占有7项的话，那么，你就有可能属于C型性格。如果只有5-7项答"是"，那么你有转向C型性格的较大可能性。如果你答"是"的在5项以下，你可能就不属于这种性格了。

对于这类心理小测验，我觉得不必太当真。但是它里面透露出来的信息，你可以适当地加以注意。

C型性格的人为什么易患癌症呢？目前比较统一的看法是：C型性格的消极心态会严重妨碍体内的免疫机能，使免疫监视功能低下，不能很好地发现机体内突变的癌细胞，这样就使突变癌细胞成倍繁殖，发生癌肿。此外，C型性格的不良情绪会直接降低机体的细胞免疫和体液免疫功能，致使癌病毒乘虚而入，从而发生癌症。所以，以英文Cancer(癌)的第一个字母"C"为这种性格命名。

在心理学大词典里，干脆开宗明义第一句话就是"癌症是心身疾病的一种"。

什么叫心身疾病呢？

它又称心理生理疾病。强烈的心理应激，会引起躯体的生理变化，我们在前面已经说过很多了，毋庸置疑。这种变化若是长期延续，就可能导致躯体的疾病，这也是被无数血的教训所证明了的。那么，在癌症的预防和治疗中，不仅需采用有效的生物科学治疗手段来处理实在发生的病理变化，也要通过心理治疗解决病人的心理问题。

疾病的英文词"disease"的意思就是"不自在"，其本意可以理解为：身体的疾病就是"内在的不自在"之意。每一种疾病都是一种表达，当我们压抑一些东西，不许它在理智的层面得以表达，它走投无路，就会在身体的层面得以表达。那就是身体的疾病。可以说，每一种症状，都是一部分自我在说"不"。如果我们不早早地倾听到这些信息，它就不得不用破坏性的方式来告诉我们。可惜的是，直到这种时候，很多人还是完全听不懂，有时简直要付出生命的代价。

有些人通过疾病，终于聆听到了身体的呼声，当然后面是理智的判断，他们尊重这种呼声，按照自己的心愿办事，身体就可能康复。

给 A 型开方：放慢生活节奏，学会等待

你到底是不是 A 型性格呢？有一张包括 25 个问题的问卷，你可以试着答一答。如果有一半以上你回答"是"，那么，你就很有可能是 A 型性格了。

这些问题是：

1. 你说话时会刻意加重关键词的语气吗?

比如：你今天晚上6点钟以前必须回家!

比如：这个任务，你只能完成，不能讨价还价!

比如：爱我还是爱她，你说清楚!

2. 你吃饭和走路都很急促吗?

3. 你认为孩子自幼就应该养成与人竞争的习惯吗?

4. 当别人慢条斯理做事的时候，你会感觉不耐烦吗?

5. 别人向你解说事情的时候，你会催促他赶快说吗?

6. 在路上开车或是在餐馆排队、银行等候的时候，你会被缓慢的过程激怒吗?

7. 聆听别人谈话时，你会一直想着自己的事情吗?

8. 你会一边吃饭一边写笔记或是看报吗?

9. 你会在休假之前，赶着完成所有的工作吗?

10. 让你停下工作休息一会儿，你会觉得是浪费时间吗?

11. 与别人闲谈时，你总是提到自己关心的事儿吗?

12. 你是否觉得，宁肯务实，而不愿从事创新和改革的事儿?

13. 你是否觉得，全心投入工作而无暇欣赏周围的美景，是一种常态?

14. 你是否尝试在有限的时间内做更多的事儿?

15. 与别人有约时，你是否绝对遵守时间?

16. 表达意见时，你是否握紧拳头以加强语气?

17. 你是否有信心再提高你的工作效率?

18. 你是否觉得, 有些事儿等着你立刻去完成?

19. 你是否觉得对自己的工作效率一直不满意?

20. 你是否觉得与人竞争时, 非赢不可?

21. 你是否经常打断别人的话?

22. 看别人生气时, 你是否也会生气?

23. 用餐时, 你是否一用完就匆忙离席?

24. 你是否经常有匆匆忙忙的感觉?

25. 你是否对自己近来的表现不满意?

　　看到这里, 我想也许有的 A 型性格的朋友会有点儿紧张, 他们说, 那我如何改变自己呢? 是不是 A 型性格就一成不变, 我只有等着自己得心脏病了啊?

　　别着急。性格类型的 ABCD, 和血型的分类是不同的, 性格类型是可以转变的。如何调整自己的情绪, 有几种方法你可以试一试。

　　首先, 你一定要坚持体育锻炼。体力的付出, 让你出一身汗, 而流汗是非常好的排泄方式。有一位研究生物化学的博士对我说, 为什么过去劳动人民没有那么多的毒素呢? 就是因为他们每天都要出汗, 那是非常有效的排毒措施。现代的人们, 住在恒温的房间里, 几乎不出汗。这就让体内的毒素有了最好的储藏室。A 型性格的人, 每天都会分泌出比一般人更多的应激荷尔蒙, 以备身体在关键时刻使用。我们前面说过, 从短时间来看, 这是一个有效的措施。但是如果每天每时似乎都处于不断的危机中时，你的荷尔蒙分泌量就蓄积得太多了，达到有毒的水平，从而引起一系列的健康问题。研究表明，锻炼有利于消耗这些令人紧张的荷尔蒙，并让温和而能颐养天年的内啡肽分泌出来，还可以改善心脏和肺的健康状况。

不过，千万不要走极端，不要参加太剧烈的运动。A 型性格的人，一旦决定了干什么事，就雷厉风行而且很容易适得其反。这一次，你要和颜悦色循序渐进。

其次，放慢你的生活节奏，学会等待。A 型性格的人对于生活中屡屡发生的稍微的推迟，比如大堂里等待电梯、超市里等待结账、饭馆里等待点菜、电视节目不能按时开始等等，常常出现皱眉、跺脚、咬牙、低声咒骂，这种频繁出现的不耐烦，让你成了高压锅，自身产生的源源不绝的紧张素，使你的血压升高，又如同钝刀子割肉，虽然当时不至于立时毙命，但一刀刀戕害你的健康，终有一天，让你轰然倒地不起。

弗雷德曼医生开出的药方是：你应该学会去对付每天的推迟现象。这话听起来有点拗口，其实就是训练自己对拖延安之若素。开始时不妨将自己放在一个故意等待的状态。比如，你在超市交款台找一列最长的队伍，站在队伍中，然后——这是困难的——通过分散注意力或者做白日梦达到某种放松，以抵挡自己产生抵触情绪或不耐烦。

"多想想对自己有利的一面，"弗雷德曼说，"想一想这是你重振雄风的机会，你甚至可以将它作为一个认识新朋友的机会。在你每次去商店的时候试试这种方法，它能改变你的行为作风。"

还有一个行之有效的小方法，就是绕远路回家。这里的绕远路，并不是让你故意走远路而迟到，而是提议用不那么焦急的方式，走一走我们的城市。如果你上下班的路旁风景优美，至少一周走一次。如果你乘坐公共交通工具，在你去公共汽车站或地铁站之前，给自己几分钟时间散步或浏览商店橱窗，把思绪从尽快到达目的地这个目标上挪开一会儿，欣赏街景。

记得我们办过一个训练班，某天布置了一道作业，让大家在司空见惯的上班路上，发现一个从来没有注意过的角落。一个星期后，学员们兴高采烈地交流心得体会，异常兴奋地说，为了完成这个作业，需要特别慢地走路，不想发现了那么多有趣好玩的景色，一朵小花，一株绿树，一个卖香烟的老人……

有一个朋友说，以前，我们总觉得风景在远方，在欧洲，在南极，在大洋深处……其实，不必跑那么远的地方，就在我们周围，有无数好风光，被我们匆匆的脚步和空洞的目光所忽略。

静坐也是一个改变性格的好方法。拉一张椅子坐在窗前或阳台上，无比单纯地坐在那儿，不要考虑工作问题，不要写邮件，不要接电话，不要在你周围放置开着的电视机。弗雷德曼医生说，A型性格的人有一个特点，就是总有太多的事要做。这种无所事事的静坐，就是让你只做一件事，改换风格。坐着看看外面的世界，抵御想成为其中一员的欲望，接下去的几分钟内，你将仅仅是现实世界的一名观众。

B 型缓解焦虑的生活法则：必须当心，切勿担心

遗传在我们应对压力的方式上，有重要的影响。因为我们从小耳濡目染的就是家人如何应对压力。

比如，如果有人回家晚了，有的父母就非常忧虑，不断地打电话，想象各种恐怖的场景，想象可能被劫持或是发生车祸，顺势思维，简直把一切最坏的可能性都想到了。别以为这种方式只是个人的选择，它是会遗传的。我们很多思维的方式，都是从我们父母那里学来的。即使父母已经过世，他们思维的方式也还会从骨灰盒里伸出一只手，牵引着我们的焦虑。最可怕的是那种以"爱"的名义进行的焦虑模式遗传。我爱你所以焦虑，我爱你所以惩罚你，我爱你所以控制你……因为它打着爱的旗号，让人误以为这就是爱的最好表达方式，让错误的思维体系一辈辈地衣钵相传，渐渐成为不可一世的铁律。如果你不幸得到了这种遗传下来的应对压力的焦躁模式，这不是你的错。但你要改变它，让这条焦虑的锁链在你这一环断裂，成为你的责任。

焦虑还可能派生出罪恶感和无用感，不是做错事、做坏事的犯罪，而是"罪由心生"，为自己杜撰和假想许多"罪行"，又觉得自己无用，对人对事常抱疑虑态度。我们常常以为除去了焦虑的原因，焦虑就不治而愈了。比如，到了放学的时间，孩子还没有回家，妈妈就会产生焦虑，如果过一会儿孩子回来了，焦虑就自然解除了。这个过程很容易让人得出这样的结论——母亲为什么会焦虑呢？是因为孩子没有按时到家。那

么，怎么能让母亲不再焦虑呢？就是孩子要按时回家。

如果这样的思维模式遗传下来的话，我们就会把情绪的变化，都顺水推舟地归结为外界的影响。而外界千奇百怪的变化，都不是我们能够控制的，那么，焦虑也就是不可避免的了。

其实，造成母亲焦虑的，是她内在的推理逻辑。孩子没有按时回家，那就有可能是出了意外。到底会是什么意外呢？最大的可能就是车祸或被人拐骗……可以设想，一旦母亲的思维进入到了这个模式，焦虑就不可避免了。

我们要对自己的情绪负责，要明白造成焦虑的最主要的原因，就是我们自己的思维状态。这一点把握好了，就不会无谓地陷入焦虑的泥潭，无法自拔。正确的应对方式是"必须当心，切勿担心"。

另一个造成焦虑的原因，是生活事件的集中发生。什么是生活事件呢？

有一种解释是：生活事件指的就是日常工作、生活、学习中遇到精神重创及不幸。包括诸如亲人死亡、严重事故、工作挫折、家庭矛盾或夫妻间的感情破裂等。

这种说法对不对呢？我觉得基本上是对的，但是不够全面。因为它所列举的都是一些负面的刺激，但其实，生活事件也包括我们俗话所说的"喜事"。喜事也同样构成了"事件"。

下面这个说法，比较全面一些。

生活事件，也可称作生活变化，主要是指可以造成个人的生活风格和行为方式改变，并要求个体去适应或应对的社会生活情景和事件。生活事件存在于各种社会文化因素之中，诸如人们的生活和工作环境、社会人际关系、家庭状况、角色适应和变换、社会制度、经济条件、风俗习惯、社会地位、职业、文化传统、宗教信仰、种族观念、恋爱婚姻等，当这些因素发生改变时，即可能成为生活事件。

看来，这生活事件真是个大笸箩，什么都可以包括在里面。

那什么又叫"集中发生"呢？顾名思义，就是这些生活事件发生的频率太高了，都攒到一块儿了。比如咱中国人爱讲：

> 祸不单行；
>
> 按倒葫芦浮起瓢；
>
> 一波未平，一波又起；
>
> 黄鼠狼偏咬病鸭子；
>
> 破船又遇顶头风；
>
> 悲喜交加；
>
> 千头万绪；
>
> 双喜临门……

表达的就是这个意思。

那么，一个人在一定的时间内，可以承受多少生活事件的刺激呢？或者说，是不是我们把生活事件发生的频率尽量降低，就万事大吉了呢？

咱们先来说说如何降低生活事件的发生频率。有句俗话，叫做"树欲静而风不止"，借用来说生活事件的发生自有它的规律，不是你人为可以完全控制的。况且，如果人的生活中完全没有了突发的生活事件，所有的事情都被事先规划设计好了，一点意外也没有，生活就成了一潭死水，百无聊赖。我们的内啡肽也罢工了，人就萎靡不振死气沉沉。

没有意外和变故的旅程，那不叫旅程，只是在空无一人的熟悉街口溜达。

生活事件是人生不可逃避的一部分，对此，我们不必怨天尤人，也不必逃之夭夭。还是那句老话，你不能控制世界，但你可以控制自己的情绪。

在这方面，"社会再适应评定量表"，也许可以帮我们一个小忙。

这张表格，是由美国华盛顿大学精神病学专家 T.H. 霍尔姆斯和他的伙伴，经过研究，于 1967 年编制并发表，可用来研究生活事件同疾病间的关系。量表根据对五千多人的病史分析和实验室实验所获得的资料总结而成。其中列出了 43 种人生过程中较常见的生活事件或变动，既有消极的事件，又有积极的事件，因为它们都可能是充满紧张性的挑战，要求人们振作精神全力以赴地适应或调整。这个量表把我们常见的一些生活事件，都给打上了一定的分值，称之为"单位"，简称 LCU。这个单位，可不是工作单位那种意思，而是像青霉素抗菌效力的单位，说明这个事件所拥有的刺激强度，代表各事件对人影响的程度或要求人重新调整的力度。

人生最严重的生活变故莫过于配偶的死亡，故这一事件被列于首位，分值为 100。结婚虽然属积极事件，但它也是令人充满紧张的，分值为 50。这个量表发表以后，引起了世界各国研究者的关注，在各国进行了十分广泛的调查。大多数调查发现，一段时间内累积的 LCU 分值，的确同不健康（疾病和病感）呈正相关。

C、D 型缓解焦虑的生活法则：
良好的社会支持网络，能有效抗击焦虑和危机

容易被焦虑所压倒的人，通常不善于利用社会支持网络。

社会支持，是指一个人与社会关系的密切和信任程度。如同事、家庭、朋友。一个人的社会支持程度越强大，越不容易陷入持续的焦虑之中。反之，当人们发生严重的生活事件和生活在危机当中的时候，就比较危险。有一个良好的社会支持网络，有值得信赖的人，能有力地抗击焦虑和危机。

群居动物必然会害怕孤独。比如说蚁群，比如说蜂群。你见过一只蚂蚁在旷野独自打洞过活吗？你见过蜂巢中只有一只蜜蜂，在独自酿蜜吗？哲学家认为，人们读书、娱乐、交友、恋爱、宗教等等，都是为了分散孤独之心。有人爱说"征服孤独"，这话如同说我们征服自然、征服高山、征服某个男人和女人一样，是狂妄而且根本不能实现的。你只有和它和平共处，就像我们不能脱离大自然而存在一样，我们也只能和孤独如影随形。你要学会从孤独那里感受生命的常态，获取向隅独乐的功力。你学会了和孤独相伴，你才是真正的强大，能够满怀激情地直面惨淡人生。什么叫平常心？这就是。

在这里，我和大家分享一个减压的方法——最简单的方式，就是调整呼吸。

呼吸是我们唯一能够有意识控制的生理活动。你并不能控制心跳，也不能控制血压，也无法控制胃液的分泌和胆汁的储存，但呼吸可以受到我们意志的指挥。

具体的方式是：

你先深深地呼出一口气。

注意啊，很多人以为深呼吸是从吸入空气开始，有些号称有修行的老师也是这样传授的，其实这个顺序不对。当我们准备更迅捷地奔跑或是需要千钧一发的爆发力之时，我们都会深深地吸入一口气，这样我们的胸部就会有更深的扩张，肺部就会有更多的气体进入，更充沛的氧气渗入了血液，以供给身体更丰富的含有能量的物质。不过，请你记住，那是人进入紧张状态的准备动作，需要放松的时候，不是这样。

让我讲一个小故事。

古时有一位学生，要向老师学习。老师拿过一个杯子，杯子里面装满了水，然后，老师让学生端起茶壶，向杯子里面续水。

学生充满了狐疑，久久不肯往杯子里面倒水。为什么呢？因为结果很简单，谁都可以预料得到。但老师坚持让徒弟倒水，出现的局面就是水很快从杯子流淌而出，泻了满地。

徒弟说，水流出来了。

老师说，是啊，如果你来的时候就是满的，那又怎么能接受新的东西呢？

讲这个故事，就是说明你要放松，不是从吸气开始，而是要从呼气开始。先把你能够呼出去的所有的气都呼出去，然后再来缓缓地、深深地吸进一口气。屏住气，慢慢地数到三，然后再呼出去。这样，反复呼吸，坚持 5 分钟。每天最少来上三回。如果你发现自己开始紧张了，就用这个方法。

有的人可能不屑一顾，说这样简单的方法，难道就能慢慢地让我学会放松吗？

呼吸这个东西，看似简单，其实是非常重要的功能。比如，当我们报告某人生命停止的时候，通常会说于某日某时某分钟，他的呼吸停止了。而当我们紧张的时候，呼吸就会不由自主地加快，整个身体就进入了准备战斗或是逃跑的状态。长久下来，就会滋生病态。

咱们的老祖宗创造词汇的时候，真是非常聪明。有很多这样的词汇：体会、体验、体察、体念、体悟、体恤、体现……都用了"身体"的"体"字，可见你要想领悟一个理念，单单靠思想是不够的，你的身体要参与，你的身体也是整个系统密不可分的一部分。反过来，如果你的身体放松了，它就会反转过来给你的意志以强大的影响。所以，你真要放松吗？当你的思想和情绪一时间无法操控的时候，就从你的身体入手。身体里最容易指挥的部分，就是我们的呼吸。你没法子让你的心跳马上降下来，你也没法子控制你的肌肉的张弛（我们高度紧张的时候，会不由自主地哆嗦起来），好在上天留给我们一道情绪逃生的安全门，那就是我们的呼吸。不要小看了这个系统，只要你持之以恒地锻炼自己，就可以在紧张突如其来袭击我们的时候，用放缓呼吸这个撒手锏，把自己从紧张中解救出来。

当然，这是个治标不治本的方法，可以解救你于一时的危难，却不能根除你紧张的痼疾。真正的方法是从源头上清理焦虑，让我们拥有风雨不动安如山的稳定。

慢生活

1.发现一个从来没有注意过的角落，写下来。

2.尝试完成"社会再适应评定量表"，看看自己有哪些方面需要调整。

你要学会从孤独那里感受生命的常态，获取向隅独乐的功力。

辑八　　重建

PART 1

毕淑敏说:

幸福是灵魂的成就，是我们一生冷暖自知的终极功课。

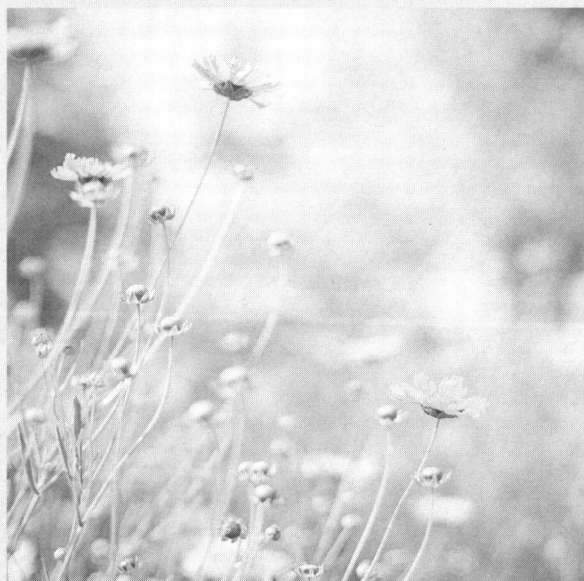

曾听一个日本人说，下班之后，哪怕就是一个人坐在酒馆里喝闷酒，也要熬到半夜三更才回家，不然的话，太太孩子都会瞧不起。那说明他不但没有能力加班，而且竟然没有朋友相伴一醉方休……

中国古话同样说，一个好汉三个帮，朋友代表着好人缘，当你遭遇危难，必定有人伸出援手。没有朋友，不但否认了你的抗打击抗风险的能力，简直就是否定了你的人格。这是一个可怕的指控。

于是常常有人说，我有很多朋友。还有人说，我这么多年，什么都没有落下，就落下一堆肝胆相照的朋友。对这些我总是半信半疑。

好的朋友像好的货物，是有体积的。好的心灵，则像非露天仓库，无法无限扩大容积。一个认真重情的人，心灵的空间有限，只能容纳几位知己。拥有太多的友人，友谊的汁液不是溢出来，就是稀释。

朋友是一种特殊的低产庄稼，需要精心照料。如果你做不到，朋友就成了杂草。如果你有很多个朋友，基本上和没有朋友差不多。

朋友到底多少为多，多少为少呢？古语说"人生得一知己足矣"，真正的知音，有一个就足够。敢于承认自己朋友不多，是一件需要勇气的事情。

人从本质上说是孤独的。如果想靠朋友来抵御孤独，基本上是痴心妄想。朋友走了，你会更孤独。尊重自己，了解自己的力量所在，对朋友的依赖会比较小，朋友也容易做得长久。

尊重自己，就是把自己当做最好的朋友，让自己觉得自己是被信任的，是被尊重的，然后你才可能尊敬别人。

尊重自己，就是用真性情交友。你若是装假，天长日久的，就太辛苦了。朋友也为难，因为他或她所喜爱的人，不是真正的你，而是一个伪装的你，这岂不荒谬？

如果彼此都真实而且喜欢，友情就牢固，经得起岁月淬火。如果彼此不能接受，就友好分手，互祝珍重。

这样的朋友，就像植物中的铁树，苍翠地绿着，很多年才开一次花，那花嫣然一笑，彼此都珍贵。

构建自己的幸福体系

◇　◇　◇　◇

发出你的幸福求救信

俗话说，"一个好汉三个帮，一根篱笆三个桩"，为什么不说是一个好汉一个帮，一个篱笆一根桩呢？独木不成林。好汉都要三个帮，我等就需要更多的帮助了，这就非要成系统。

游戏很简单，题目写好以后，就在下面1、2、3、4……地写下标号，具体写多少随你，可以只写下三五个，也可以一口气写下十个，甚至更多。

完成之后，请设想，当你遇到灾难或是无以名状的忧郁、危机之际，你将和谁倾心交谈？你会向谁发出SOS呼救？你能得到谁的帮助？

一位女性，原来有很多朋友，我也忝列其中。后来她结了婚，关系就渐淡渐远了。若干年后，她突然找到我，说自己离了婚，一个朋友也没有，真心话也不知和谁说，孤苦无依，忧郁极了。我赶紧放下手中诸事，和她在一家茶馆见面。她泪水涟涟，说特别想和当年的朋友们聚聚。

我说这没什么难的，我来召集。她怯怯地说，这些年一点来往也没有，把大家都冷落了。离婚前，我们家总是高朋满座，一到节假日，我采买、做饭，忙得四脚朝天。离婚后，我打开电话本，一看傻了眼。平日所交，都是我前夫的朋友。我以为他的朋友就是我的朋友，现在才晓得，朋友是有阵营的。失去婚姻的同时，我也失却了所有的朋友。我疏忽了自己的朋友，如今落得孤家寡人。鼓足了勇气和你联系，谢谢你没有因为这些年的疏远而生我的气……

曾远远瞄到一位朋友所列的支持系统名单，只有三个字。原以为是他的恋人或是父母名字，不想细细看来，那三个字竟是——"大自然"。看我愣着，他略有挑战地问道，怎么，不行吗？一定要是人吗？当我苦闷的时候，我只有沉浸到大自然当中，才能感到一种包容和理解。那种物我两忘的安宁，才能让我渐渐平静下来，重返花花世界。

我说，谁也没说支持系统必然得是人，但你的系统里没有人，是不是也显得奇特？它是否表明，人是不可以信任的？只有在默默无言的山水和绿叶之中，你的心灵才能放松，受伤的刀口才能缓缓愈合？

他说，正是。我说，到大自然当中去，当然是获取心理能量的好方法之一，所以古代才多隐士和独行侠。这张名单太过单一和清冷，你执意坚持，当然也是自由。不过，如果你是一个热爱大自然的人，你可以看到自然是多么博大和慈爱啊。无论是大树还是小草，都在它的怀抱里得到哺育，它使万物茁壮成长，它不悲观，不放弃，不厚此薄彼，不居功自傲……

建立你的支持系统

选择一条喜爱的人生路线比较容易，创造一个由知心朋友构成的称心的生活圈子却很困难。

如果你的支持系统，都是男性或都是女性，就有些问题。两性看问题的角度不同，这是特点也是缺点。好比一扇窗户，开在南墙和开在北墙，光线进入的时间不同，被照亮的部分和阴影的覆盖也会有所不同。有人会说，我的支持系统都是清一色的性别，这样比较单纯，我也习惯了。很可能你还没有学会和异性成为真正意义上的朋友，关系不是太近就是太远。

再看看有没有年龄上的跨度。好的支持系统，年龄恰像春雨，均匀地覆盖在青年、成年、老年各块土地上。人生阅历不同，各个年龄段的人，有着不同的经验和感悟。有人说，我就是喜欢和同龄人打交道。其实，朋友的年龄就像食物的种类，杂食最佳。我看过一本谈营养的书，说是每天进食的品种，最少要达到十八种。乍一想，这还不简单，我不挑食，种类肯定够了。不想，扳着手指头认真一算，面粉、豆腐、青菜、虾皮、小米……怎么也不够十八种。最后我只得把炝锅用的花椒都算上了，才勉强凑够。人的支持系统也要丰富多彩才好。

年龄肯定不是朋友质量的唯一标准，你如果只交一个朋友，那么他的年龄就不是一个问题。现在谈的是一个系统，是一组人而不是一个人。年龄是宝贵的财富，也是桎梏的丝线。为了使你的支持系统更有效和坚实，跨度是必要的。

在晴朗的日子里，辛勤地彩来花粉，酿成蜜糖，才能在没有花开的日子里，依然有香甜可以回味。

　　检查一下系统成分。你可能要说，人际关系也不是化学药品，干吗还要管什么成分？既然是系统，当然成分不能太单一。系统里是否都是你的亲人？如果是，先要恭喜你，你的亲人和你站在一起，与你保持着高度的信任和友谊，可喜可贺。提醒你，如果这个系统里的绝大多数成员都是你的至爱亲朋，那么也潜伏着非同小可的危险。日常所遭遇的危机，有很大一部分，是和我们的亲人有关。尤其是感情上的纠葛，更是牵一发而动全身。比如经济破产，你焦头烂额，他们也水深火热。特别是当爱情或婚姻走入沼泽，你的亲人很可能就是当事人，你不能与虎谋皮。总之，成分要多种多样，不要搞近亲繁殖，不要搞一言堂。

　　系统中要容纳能给我们提出不同意见的人，那些话虽然可能忠言逆耳，却对我们的心理建设大有裨益。

　　支持系统要有一定的绝缘性。你有事业上的朋友，也要有生活上的朋友、情感上的朋友……就像我们有不同厚度的衣物，阴晴冷暖，适时加减。朔风扑面，穿呢绒和皮草；烈日高悬，穿丝绸和棉 T 恤。东北菜有一道“乱炖”，土豆、辣椒、扁豆、茄子等各种蔬菜混在一起熬炖，是出名的地方风味，但在交友之道和维护你的支持系统方面，“乱炖”之法，却非良策。

　　让你的支持系统始终保持在良好的状态中，朋友间不要有太多的横向联系。这并非要离间你和朋友们的关系，而是从系统的最佳状态着眼。有的人常常热衷于我的朋友就是你的朋友，普天之下皆为朋友。这种泛朋友论，即便不是酒肉朋友，也和没朋友差不多，关键时刻就无法成为你的钢索。

常听有人抱怨，如今真情罕见，平日里蜜里调油的朋友，危难时刻，踪迹皆无，叹息人心难测。这样的人，他们原本就不算是你的支持系统，不过是某些情形之下的邂逅与偶遇，可以一起吃饭，却不可一起赴难。高标准要求他们，就是不谙世事。

艰难和喜悦，都需要人来分享，这是一种心理诉求。你不可抗拒，只能因势利导。从本质上讲，人是孤独的动物，他人的温暖和帮助，是心理维生素。任何对支持系统的轻慢，即便不说是愚蠢，也是无知和疏漏。我曾听一位孤寂男士感慨万分地说，他最大的痛苦并不是在凄惶之时无人述说，而是在快乐之际无人举杯同贺，锦衣夜行，好不寂寞！

如果你想有一方避风港湾，就要建立自己的支持系统。如果想在伤痕累累的时候，有一处疗伤的山谷，就要建立自己的支持系统。如果你不想虚度自己的人生，让快乐相乘，让哀伤除减，那么，建设你的支持系统吧！它不仅是我们心理依傍的钢索，也是我们存在的根据和依恋人生的重要理由。

也许有人会说，这是不是太功利了？我喜欢顺其自然的友谊，不喜欢刻意求工的设计。历史上当然不乏高山流水琴瑟齐鸣的友谊，但那毕竟是可遇而不可求的佳话。作为普通人，要让自己的生活更丰富多彩，要让自己在突然的挫折和厄运面前，比较从容，比较镇定，流的血少一些，康复得快一些，没有上帝可以倚靠，只有靠自己未雨绸缪的建设。在晴朗的日子里，辛勤地采来花粉，酿成蜜糖，才能在没有花开的日子里，依然有香甜可以回味。

内无自主的人格支持，外无良好的沟通方式，这是很多现代人的生存困境。正因为我们平凡，才要有更多的精神储备，去迎接可能的变故。平日不烧香，临时抱佛脚的态度，才是实用和功利的，才是对自己灵魂的轻慢。

好的支持系统，人数不可太多，动辄数十人的庞大队伍，实在是我们的精力所照料不及的。有人会说，朋友嘛，当然是越多越好。多一个朋友多一条路。朋友和支持系统并不完全是一个概念，虽然它们在相当多的场合重叠。朋友的圈子更宽泛，只有那些最稳定最贴切的朋友，才能进入我们的支持系统。

这些年来，朋友这个词，用得滥了。朋友可能是因为利益关系而结成的伙伴，当利益淡去的时候，朋友也许会消失，但支持系统仍要存在。支持系统关怀的是你这个人，而不是单纯的利益。即使有一天，你的实用价值烟消云散了，系统也和你在一起。

支持系统需要不断的培育和濡养，补充和清洗，润滑和淘汰，养护和更新。在支持系统上，要舍得下功夫，一如你要经常健身。如果你把支持系统当成"永动机"，那就大错特错了。即便面对父母和儿女，如果你没有和他们持之以恒的交流互动，危机来临的时候，他们也很难在第一时间明白你的困苦和需求，给予恰如其分的支援。

面对你的支持系统的名单，想想看，你已经多长时间没有和他们促膝谈心了？想想看，你已经多长时间没有向他们细细通报你的想法和变化？想想看，你已经多长时间没有和他们一道喝茶和共进晚餐？想想看，你已经多长时间没有和他们一道凝望星空疾走原野？

有人会说，我被生计挤压得喘不过气来，哪有闲情逸致做这些事情？

如果你真的忘记了自己的支持系统，那么也就不要责怪当你需要支持的时候，得到的却是无关痛痒的同情或是不着边际的指教。你在平坦的路上忘记系上安全带，急刹车时，难免碰得头破血流。

支持基本上是双向的。无条件地求助别人的心理支撑，就如同乞丐的讨要，并不总能如愿。从某种程度上来说，无偿索取是一种讨巧和冒险。

支持系统的名单太长，就要删繁就简。过密的田地需要间苗。

心是有限的舞台，那里不可能摆放太多的座位。

如果支持系统名单太少，就要酌情增加。古人虽言，人生得一知己足矣，但还是兵多将广为好。

支持不是上山打狼，移山填海，靠质不靠量。成分太单一，应对不了大千世界。系统不可太陈旧，要有新鲜血液。支持系统不可像饴糖软绵绵，当如飒风荡涤寰宇，有澄清万物的气场深藏其中。

照料我们的支持系统，需要很多精力，不过它的回报，即使在最苛刻的经济学家那里，恐怕也觉物有所值。最后要提醒一点，你常常需要使用系统其中一部分的能量来修补另一部分的缺失。这不仅仅是策略，也是对系统的尊重。

为你的支持系统画一张新的蓝图。蓝图当然还不是现实，但有了图纸，就有了建设的希望。用一生的时间，编织你美丽的支持系统吧。在你积累物质财富的同时，也浇灌着你支持系统的田垄。在那些为了利益的杯觥交错之外，也有知心朋友间一盏香茗两杯咖啡的清谈。在你买下酒店公寓或 townhouse 的日子，也为自己的篱笆桩绑一缕苎麻。

系统无言。

如果你在空中，它是一朵蒲公英般的降落伞。

如果你在水中，它是一艘堡垒般的潜水艇。

如果你在人间，它是你心灵的风雨亭。

念叨一种坚定的幸福

◇　◇　◇　◇

幸福瓶

有一年国庆，我在江西景德镇做了一个青瓷的瓶。初起，在那女师傅的摊子上，摆满了琳琅满目的样品，让我一时无法确定到底做个什么物件好。看出我的犹疑，女师傅说，就做个瓶吧。

我这时一眼看上了一个盘子的坯，问，做个盘不好吗？

女师傅说，盘也好。不过要是我，还是会选瓶。

为什么呢？我当然要问。

瓶，代表平顺安宁啊。你没见中国古代的案几上，人们都摆瓶的。天天看到瓶，念叨着瓶，就是一种许愿，人就会平安的。女师傅慈眉善目地说。

面对古人这种饱含心理学暗示疗法的理由，你还能抗拒么？于是，就动手来做瓶。

想手下这温润的泥，在混浊杂乱的深壤中，闭目养神了千万年，突然间就见了太阳。原本面目模糊无筋无骨的粉尘，被劳动赋予了形体，就成了花瓶或盘盏的坯。它鲜白、柔和、素净、温软，一如晨曦初现时的清爽。女师傅端来一碟黑色的液汁，把毛笔递给我道，在瓶上写好你想说的话，画上你喜欢的图。我说，恐怕写不好画不好的。女师傅说，自己写的画的，好看不好看并不要紧，意义格外不同。见我执了笔，她又叮嘱道，这碟子里就是古法青花的染料，你看它是黑色的，烧过之后，就变成靛蓝色了。记得要事先想周全啊，下笔之后，就没法再改了。

我屏住气，画上了一幅画，写上了几个字。这些字和画，承载着我的心意，沁入了青瓷泥坯的肌肤。署上时间和名字之后，我问师傅，然后呢？

师傅说，然后你就把它交给我。它会被送到古窑，要整整烧它 3 天共 72 小时。

我问，然后就好了吗？

女师傅轻叹了一口气说，那可也不一定。要看这瓶的运气呢。要是炸了裂了，都没有法子。总会有这样的事儿，我们退你钱。但愿你这瓶平安。

之后，我回了北京，静静的等待中充满了惦念。常常想到这个瓶正在熊熊的炉火中修行，烈焰包绕，熠熠生辉。如同我们的意志，经过了磨炼和时间，与万物方能黏成一体。青瓷之中，凝固了大地的疆土，吞咽了江河的净水，吸附了一些古老手艺的染料，那里面有稀有元素的玄妙配方。还有动物皮毛扎束起的笔锋灵韵，那是狐狸的尾巴吧？我描画图案书写姓名的时候，从笔尖看到了一点跳动的金红色。瓶身上有我和家人的名字，代表着我们的身心。奔突的炉火如炙红的绸，要围绕着它旋舞3天。它会灼痛吗？祈愿这个瓶没有砰然地炸裂，没有琐细的网纹，它从容轻巧安然涉险，不动声色地跨过火海，终于又重回云淡风轻的人间。想起明朝时的海船，载了万千的青花瓷器，遭遇风暴沉入海底，几百年波涛翻滚环伺周围。一朝出水后，那瓷器们依然湛蓝着雪亮着，一如北欧少女端庄的眸。纵是出了意外成了废品，击打后，爆成数不清的碎片，也可以镶在墙上地上，成一幅残缺的装饰。

终于，那瓶被安全地送达了我家。打开包装的一瞬，我又一次屏住了呼吸。

我终于又看到了它，恰如灾难后亲朋重逢。经过千度以上的高温浴洗，它亭亭玉立，一如既往地周正、安宁、温润、亲切可人，让人想起满月时分风平浪静的海，毫无瑕秒地闪着银钻般的微光。这瓶最显著的变化是不再柔软，弹之铮铮作响，犹若侠骨激荡。我看到了那瓶身上的图案，一丛兰花娴雅地开放着，仿佛有沁人心脾的幽香逸散而出。我母亲名中有一个"兰"字，谨以此瓶寄托我无尽的思念。我看到了那瓶身上手书的两个字——"幸福"，清晰坚定，蓝得触目惊心，宛若蚀刻到了瓶的骨。

用自己的光照亮世界

建立良好的人际关系，自己幸福，也传播幸福。

人要对自己的幸福负责，这是我们的终极理想。人要能控制自己的

你充满了发现幸福和创造幸福
的能力，请站起来，快步走过去，
自己打开幸福的枷锁，放幸福的阳
光进来。

心理和精神，人能找到物美价廉的让内啡肽分泌的方法，人能让自己的激素和免疫系统始终处在高度和谐的状态，素面亲和，用语温煦。赶快行动起来吧，行动将决定你是否幸福。

很多人看起来一刻不停地在忙，实际上他们的精神还是虚空的。当本书行将结束的时候，我只有一个希望，希望大家尝试着把自己是否幸福作为衡量一切的标准。这就是人生唯一的业绩。它不是金钱，不是地位，不是权势，不是名声，而是你自己的精神层面是否感觉到和谐。

亚伯拉罕·林肯说过这样一句话："许多人的幸福程度只能到达他们的想象范围。"

你追求幸福的能力，是你所有能力中最重要的能力。你追求幸福中最大的障碍，其实是来自你内心的限制。生命常常无聊地消耗于平庸琐碎之事，消耗在诸如升迁、牢骚、猜忌、造谣这类猥琐中。想爱的人没有爱，想做的事没有做，眨眼间，就老了。生命本不该如此啊！这些人没有品尝到幸福的美酒，是因为还没有准备好酒杯。就算幸福的琼浆真的倾倒下来，也会洒在沙土上，湮灭无痕。

有很多人觉得自己没有资格获得幸福。他们无望地在那里等待，把人生变成彻头彻尾的寒夜。守一盏枯黄残灯，像土豆等待发芽一样苦苦等待别人能带给他幸福。可惜啊，直等到周身青紫，储满了毒素，也没有人代他敲开幸福之门。以为自己和幸福绝缘的想法，是一种自我贬低，是一种不让自己幸福的禁闭令。所有的人在获取幸福的道路上，都是平等的。你充满了发现幸福和创造幸福的能力，请站起来，快步走过去，自己打开幸福的枷锁，放幸福的阳光进来。

　　我不是专职的老师，也不是术业有专攻的心理学教授，我也不是准备留下传世之作的作家。我只是一个曾经的边防战士，一个曾救人性命的普通医生，一个正在努力写作的作者。容颜可老，但心不愿沮丧。军人经历和医生生涯，让我成为无可救药的人道主义者。我所做的微不足道，但它的方向始终是指向保护和拯救生命。我相信每个人一生都在渴望尊重理解和被善待，想让自己愉悦从容和睦。只是，这种看似简单的东西，如今稀少难觅。我如此地热爱我父母曾经经历过的和我自己正在经历的幸福，我觉得自己有义务和责任，把在幸福之路上的点滴思考，和大家分享。可能有很多谬误错漏之处，祈请海谅。很抱歉，在现阶段，我已不可能做到更好了。

　　活着，有一种神圣庄严的不可避免性。途中风雨交加，孤单前行，你无可脱逃，只有蔼然应答，充满惊喜地活在当下。

　　最后，让我衷心祝愿所有把本书读到这里的人，从现在开始，从这一分钟开始，去争取独属于你的幸福！让我们的灵魂在艰窘的挣扎中飘逸出香气，如麝香如檀香如雪花之香如淡水之香。而后面这两样东西，其实并没有凡间的香气，只是天堂的风吹拂着它，轻轻摇曳。

灵魂的成就

1.写出你的支持系统，珍爱你的支持系统。

2.给你的幸福，定一个目标。